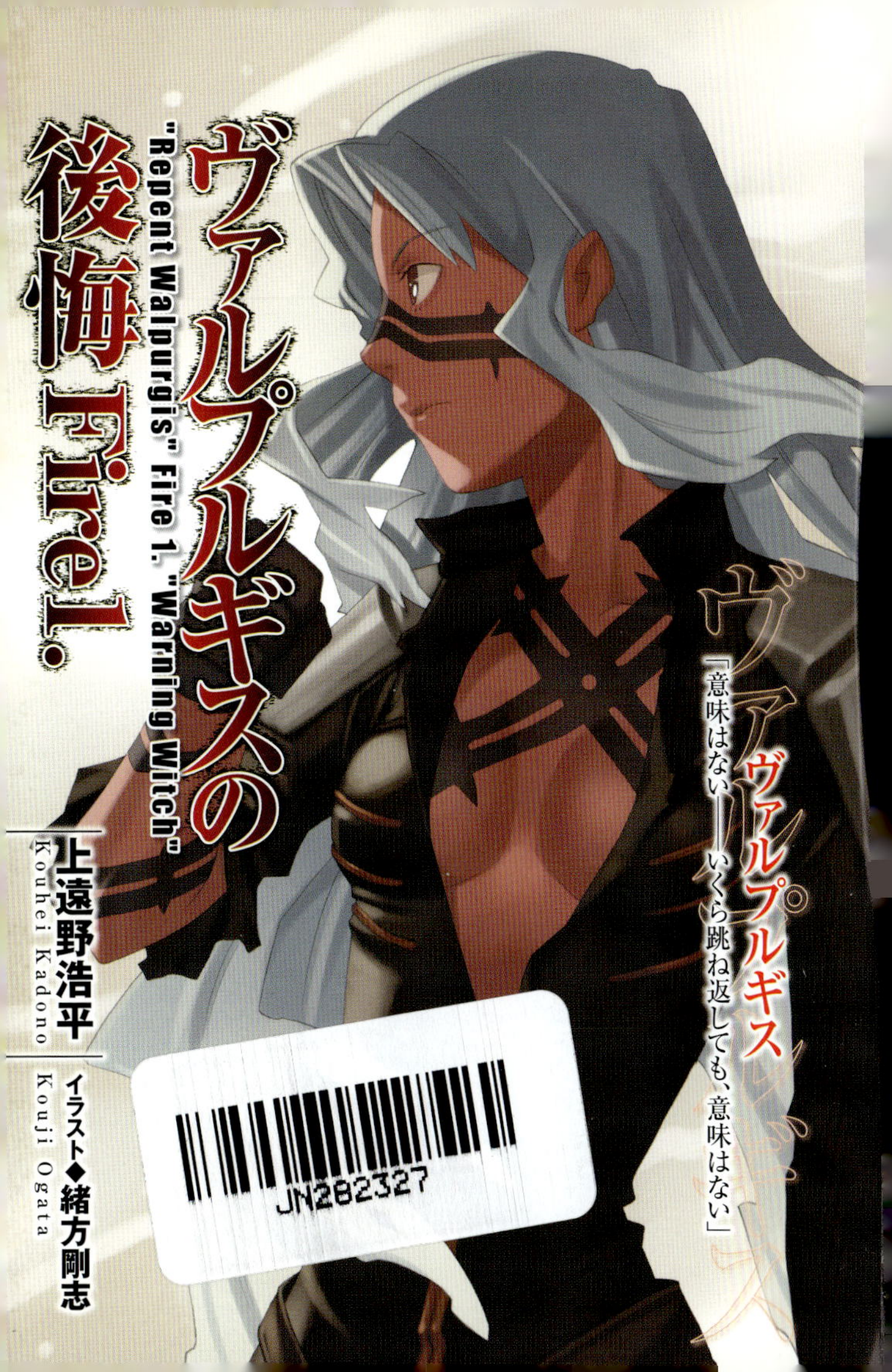
ヴァルプルギスの後悔 Fire1.
"Repent Walpurgis" Fire 1. "Warning Witch"
上遠野浩平
Kouhei Kadono
イラスト◆緒方剛志
Kouji Ogata
「意味はない——いくら跳ね返しても、意味はない」
ヴァルプルギス

霧間凪
「オレが、世界の敵に堕ちてしまったとしたら……」

羽原健太郎
「俺には、強さがまだ足りない……」
谷口正樹
「……こっちはやはり、怪しい話になってきたよ」

織機綺
「私は……消えるべきでしょうか？」
ラウンダバウト
「それで、僕は何をしましょうか?」

村津隆
「俺は、俺だけのものを見つけられるんだろうか……」
釘斗博士
「君は、手に負えないものと出会ったことがあるかね？」

ドーバーマン
「なるほど……強敵なのは確かなようだ」
トラス・サウス
「それはもう、終わった――永遠に」

モンズ
「……わふぅ」

ジィド
「俺様は人間戦闘兵器だぜ?」
パール
「……そんな可愛らしいもんじゃない」

change of epsode P307
冥加暦
「私は、私を殺し損ねたわ
——もう手遅れよ」
リキ・ティキ・タビ
「君は——いずれ直面する」
Designed by Toru Suzuki

『彼女は、最初はただ幽霊のように茫然としていたけれど、やがて影のように蒼ざめていった……』

――プロコル・ハルム〈青い影〉

prologue

……少女は、その男と話したことを、いつまでも覚えている。


「探偵《たんてい》さんか。名刺《めいし》ある？」

「ほれ」

「ふうん、なるほどね。クロダさんか」

「君はなんて言うんだ？　小さなホームズさん？」

「オレは凪《なぎ》。霧間《きりま》凪っていうんだ」

「凪ちゃん、か。変わった名前だな」

「親が偏屈者《へんくつもの》でね。どんなことがあっても落ち着いて揺るがないような心を持て、とかいう理由で」

「へえ。なかなかいいじゃないか」

「よくねーよ。ガッコのセンセには時々読めないヤツがいて〝かぜ〟とか言われたりする」

「はは、そりゃいい」

……そしてこんなことも話した。

「クロダさん……オレにはわからないんだ」

「何がだ？」

「オレが何をすればいいのか。オレは病気が治ったとして、どんな人間になればいいんだ？」

「何かなりたいものはないのか？」

「父親みたいな作家、とかか？　素敵な恋人でもつくって結婚するか？　金を使って事業でも起こすか？　ぴんと来ないんだよ、どんなことも」

「ぴんときて、それで生きているヤツなんかいるかね」

「名探偵さんはどうなんだよ。自分はいい仕事してる、とか思えない？」

「さあね。探偵ってのは、汚い仕事だぜ」

「そーか。……もしかして、女探偵になるのもいーかな、とか思ったんだけどなー。それもなし、か。……クロダさんは、何か探偵以外にやりたいこととかないの」

「そうだな——正義の味方、かな」

「ぷっ、なんだよそれ？」

「なんだも何もない。そのものさ。探偵はつまらないことに縛《しば》られているけど、そーゆーの一切なしで事件を解決するだけの、ただそんだけの正義の味方。こういうのなら、なってみたいね」

「ふうん……なればいいじゃん。きっとなれるよ」

……覚えているのはその辺までだ。記憶に止《とど》めようにも、その男とはその後別れて以来、二度と会っていない。ないものは覚えようがない。

そのときはまだ幼かった少女は、それでも完全に本気だった。

本気だったということを、後になって嫌というほど思い知ることになる。なぜなら彼女は、男に言ったことを自分自身でやるようになったからだ。

炎の魔女という名前の〝正義の味方〟になって。

*

「なんとまあ――正義の味方って」

暗闇の中で、もうひとりの少女がくすくすと笑っている。

腰掛けた椅子の前には、燭《しょく》台《だい》の上で燃える灯火がゆらめいている。その明かりにともされてかすかに見える彼女の長い長い黒髪は、まるで水のように流れていて、つややかに輝いていた。

「炎の魔女が正義の味方、って――どういう冗《じょう》談《だん》なのかしら？　まあ、この世に絶対はないっていうことかも知れないけど」

彼女は実に楽しそうに笑っている。

「向こうが単純に〝正義〟ってことになるなら、私としても〝悪〟になってしまえばいいから、とっても楽なんだけど——どうしよっかな。どの辺からつついたらいいのかしらね……」

彼女はひとり、誰に聞かせるでもなく独り言を呟《つぶや》き続けているが、それが変ではなく、なんとなく自然だった。まるで彼女の周りには、無数の人間たちがいて、その者たちに話しかけているような雰囲気があった——だがその闇の中に落ちている影は、彼女ひとり分しかないのは動かぬ事実だったが。

「——ああ、そうね。そういえば——彼？」

彼女は何かを思いだしたような顔になる。横から誰かに耳打ちされたような表情でもある。

「そっか——タカシくんか。彼ねえ——」

その横顔には、どこか寂しそうな色があった。

「しょせんは救われないのかもね、彼も——魔女に関わってしまった者は、誰ひとり——逃れることはできない、と……」

しかし、悲しげだったのは一瞬で、すぐにもとに戻る。

「でもタカシくん、それはきっと本望《ほんもう》だと思うわよ——あなたが好きだった〝れき〟が今、こんなになっちゃってることを知ったら、むしろ——救いがないことを天に感謝したくなると思うわ――ふふふ……」

暗闇の中に、底の抜けたような声がこだまする。

争乱の始まりを告げる、それこそが魔女の微笑《ほほえ》みだった。

ヴァルプルギスの後悔 Fire1.

"Repent Walpurgis" Fire 1. "Warning Witch"

chapter one
<the righteous>

『正しいことをするときに必要なのは、疑いを持たないことではなく、疑うことを畏れないことだ』

――霧間誠一〈他人の夢、他人の世界〉

1.

よく世間の人は、正義の味方なんかどこにもいないっていう。

（でも――私は知っている。正義の味方はほんとうにいるんだ、って――）

織機綺《おりはたあや》はそう思っている。

彼女は料理の専門学校に通っている、見た目はごくありふれた普通の少女だ。しかし彼女は、統和機構《とうわきこう》という世界の闇に君臨する巨大なシステムによって創《つく》られた合成人間なのだった。だが失敗作で、なんの戦闘能力もないために捨てられて、そして利用されて死にそうになったところで、

（私は、救われた――正樹《まさき》と凪に）

彼女は、今、自分がこうして生きているのは全部、助けてくれた人たちのおかげだと思っている。

システムに見捨てられて、行き場をなくしてしまったはずの彼女は、今は霧間凪というとても変わった人と一緒に住んでいる。彼女は女子高生の癖《くせ》に、同時に――

「……ふふっ」

綺は、つい一人で笑ってしまう。誰が信じるだろうか、学校では札《ふだ》付きの問題児で、みんな

に近寄りたくないと思われて〝炎の魔女〟などと綽名《あだな》されている不良少女が、実は人知れず人を助ける〝正義の味方〟なのだということを。

人がごった返すにぎやかな駅前広場で、人を待っている彼女の姿は、どう見ても普通の、デートの約束をした彼氏を待っている少女にしか見えないし、それも間違いではない。彼女は今、恋人の谷口《たにぐち》正樹を待っているところなのだから。全寮制の厳しい私立高校に入っている正樹と、いつも課題に追われている綺はなかなか会えない状態で、だから久しぶりに会えるとなると、とても嬉《うれ》しい。しかしその顔にふと、寂しげな色が浮かんだ。

（そういえば、正樹のご両親が近い内に帰国されるって話もあるらしいけど――）

そのときは、自分はどうしようか、と思った。もちろん彼女は、まともに生きていけるかどうかもわからない身の上である。正樹はそんなことはかまわないと言ってくれているが、それに甘《あま》えきってもいけないと思う。

（ご両親が、正樹とは付き合わないでくれって言うなら、私は考えないといけない――どうすれば正樹にとって一番いいことなのかを）

正樹の父は世界を股《また》に掛けて活動している実業家で、実母は既に他界している。そして父の再婚相手が、凪の母なのだ。だから二人は血のつながらない義理の姉弟である。でも本当の姉弟のように仲がいい。

あの二人に迷惑をかけるような真似《まね》だけは、絶対にできない――綺は心にそう誓っている。

（だから、今——正樹と会える時間は大切にしよう）

彼女は強張った顔をこすって、笑顔を戻そうとした。正樹に変な顔は見せられない——と、彼女が気持ちを切り替えようとした、そのときだった。

——ぞくっ、

と背筋に冷たいものが走った。肉体を突き抜けて、心の中に直に突き刺さるような視線を感じて、綺は身体を硬直させてしまった。

少し離れた前方に、ひとつの人影が立っていた。

どう見ても小さな子供だったが、頭から被《かぶ》ったフードの奥から覗《のぞ》き込んでくる眼は、それは大人びているなどというものを超越して、まるで——

（に……人間じゃない……〝魔物〟……みたいな……）

そんな風なものにしか見えなかった。その両眼が、まっすぐに綺のことを見つめてきているのだった。

その小さな唇《くちびる》が開いて、何かを言った——二十メートルは離れていて、周囲には人混みの喧《けん》噪《そう》が満ちているにも関わらず、綺にはその子供の声が、まるで耳元に囁《ささや》かれているかのように、はっきりと聞こえた。

〝君は――いずれ直面する〟

「え……」

〝君がどちらかだけに味方したくとも、君はその中間に立ち、均等に、両者の運命を促進させるだろう――アルケスティスとヴァルプルギスの、千年ぶりの魔女戦争――相剋渦《そうこくか》動《どう》の幕が上がるのだ〟

その子供は、彼女をまっすぐに見つめて、視線を逸《そ》らさない――まばたき一つしていない。

（な……こ、この人は……いったい……）

〝僕を、統和機構はリキ・ティキ・タビと呼んでいる――〟

その言葉に、綺はぎょっとした。自分は思っただけなのに、それに対して返事が来た――この声は声ではなかった。言葉は彼女の心の中に響いているのだった。

〝今、ヴァルプの側《そば》にいる君が、おそらくはこの動乱の〈支点《ピボット》〉となるだろう――その流れには逆らえない。受け入れることだ……君は彼女の力には、決してなれない――〟

その奇妙な言葉が最後だった。リキ・ティキという子供が口を閉じると同時に、それまでどういう訳か途絶えていた人通りが元に戻って、綺と子供の間にどんどん割って入って、そしてふたたび向こうが見えたときは、リキ・ティキの姿はどこにもなかった。

「な――何……今のは……？」

綺が呆然《ぼうぜん》としていると、背後から、ぽん、といきなり肩《かた》を叩かれた。

「きゃあっ!?」

綺は悲鳴を上げて、後ろを振り向いた。

そこに立っていたのは——正樹だった。

「な、なんだい？　どうかしたの？」

正樹は、綺以上にびっくりした顔をしていた。

「ま、正樹——い、今そこに——いや待って……たしかに、あの人——〝彼女〟って言った——」

綺は、その身体は小刻みに震え出していた。正樹は焦って、

「ど、どうしたんだ？　何があったんだ？」

と訊《き》いたが、綺は答えずに、正樹にすがりつくようにして、

「な、凪は——彼女は今、どこにいるの？」

と訊《たず》ねた。

2.

……そこは白い病院の中で唯一、照明を絞《しぼ》られた薄暗い室内だった。

「さて——博士、今回はちょっと面倒になりそうだ」

この研究室内にいる二人の人間のうちのひとり、霧間凪はそう切り出した。

「ふうむ——君が面倒でないことを持ち込んできたことが、一度でもあったかな？」

博士と呼ばれた男は、面白そうに笑みを浮かべた。

男は実に不気味な外見をしていた。とにかく、全体に色が薄い。肌は白いというよりもほとんど透き通っているようで、顔面の毛細血管が透けて見えるほどだ。髪の毛も、そして頬《ほお》と顎《あご》を覆《おお》っている無精髭《ぶしょうひげ》も色素の薄い亜麻色をしている。肌とほとんど色が変わらないために、輪《りん》郭《かく》がぼんやりとぼやけて見える。そして顔に刻み込まれたニヤニヤ笑い。

釘斗《くぎと》博士は、見るからにマッドサイエンティストといった外見をしていた。

「そもそも君自身が、とても面倒な症例の持ち主じゃないか——思い出すよ。まだ幼い頃の君の、あの全身に激痛が走って、火傷《やけど》のような痕《あと》が浮かび上がるという病状の性質と原因がどうしてもわからないというので、先輩の医師が助けを求めてきたときのことを、ね——あれ以来、君は私にとってもっとも興味深い対象のひとつであり続けている」

「別に、博士に研究させるために病気になってた訳じゃねーよ」

「まあそう言うなよ。正直、江守《えもり》君が私の手から離れて以来、ここでの私は暇《ひま》を持てあましているんだ。あれはいい素材だったんだが」

「…………」

凪は少し無言で、博士のことを睨《にら》みつけた。博士は肩をすくめて、

「別に研究素材扱いするからって、患者を治さなかったり、苦痛を放置したりするわけじゃな

い。他の、節約理由で患者を虐待《ぎゃくたい》している連中とは一緒にしないでくれ。私はただ、冷静なだけだ」

と淡々とした口調で言った。凪は無言のまま、博士と自分の間にあるテーブルの上に、持ってきたバッグを置いた。それを開いて、中に入っていたものを無造作に摑《つか》んで、そして外に出した。

それは――肘《ひじ》の辺りから切断された、人間の腕《うで》だった。

「…………」

それを見て、釘斗博士の顔もやや強張った。凪は無表情で、その腕をテーブルに載《の》せた。

それは異様な光景だった。

革のつなぎを着込んだ女子高生が、平然とした顔で人間の切断された腕をいじっている。怖がる素振りも、強がっている様子もない。

彼女のことを人は〝炎の魔女〟と呼ぶ。

通っている学校での成績は、テストの点だけならトップクラスだが、出席日数がとにかく足りないので、いつでも留年すれすれ――世間の常識からしたら、自分のことをオレといい、男言葉で話す、まぎれもない不良少女で、好き勝手に街をうろついて、何をやっているのか知れたものではない、と思われている――だがまさか、こんなことをしているのだとは誰も思わないだろう。

平穏に見える世界の裏側で起こっている、歪《ゆが》んだ悪の行為と日夜、戦っているのだとは想像もできないだろう。

彼女の父親、霧間誠一《せいいち》という男は作家だった。書くものがひどく屈折していたので、大衆的な人気というものはついぞ得られなかったが、一部で熱心な愛読者がついたため、死後もなお読まれ続けていて、その印税収入が遺産として現在の、この霧間凪の秘密の活動を支えてもいる。

だが、なぜこんな報われぬことをしているのか——その理由は彼女しか知らない。

「——ふうむ」

釘斗博士はそんな彼女を前に、やや嘆息混じりで、

「この前の〝サンド・クリット〟とやらの分析は楽勝だったが——これはそうも行かないようだな。一体こいつはなんだね？」

と、その置かれている腕を眺めながら訊いた。その口調は落ち着いていて、この博士もまったく怯《ひる》んではいない。慣れている、そういう態度だった。

「よくわからない——だがこの腕の持ち主は、一人の女の子を狙《ねら》って、攻撃してきた——鉄骨を歪めたり、溶《と》かしたりする特殊能力を使って」

凪も静かな声で言った。

この腕の持ち主は、統和機構の合成人間、モータル・ジムという男だった。だが凪にはその

ことまではわからない。モータル・ジムは腕を失いながらも、なりふりかまわない逃走で凪を振り切ったからである。襲われた少女の浅倉朝子《あさくらあさこ》も、この時点ではまだモータル・ジムのことを知らないので、情報は何もない。

しかし、本人は押さえられなかったが、こうして歴然とした痕跡《こんせき》は凪の手元に残ったのである。

「……なるほど。その女の子はまあ、助けたんだろう、君のことだから」

「あんただったら、その子の死体も調べたかったか？」

「否定はしないよ。その方が研究しやすいからな。しかし――」

博士は分断された腕を手にとって、しげしげと眺めた。

「こいつはかなり、決定的な手掛かりだな――合成人間とやらの」

「調べられるか？」

「そのために持ってきたんだろう？　これまでも私は、君にさんざん協力してきた――今さら引き返せないよ」

博士は苦笑しながら言った。

「頼む。これで今まで隠れていた統和機構の尻尾《しっぽ》を捕まえられるかも知れない――」

凪はうなずいた。

「――綺も、つまらない呪縛《じゅばく》から解き放たれる」

「織機綺か。彼女はどうしているね？　もう一回ぐらい検査してもいいかもな。合成人間と自分じゃ言っているが、なんの変成も見つけられなかった――あるいはこの腕の分析の後なら、彼女からも特殊な要素を検出できるかもな」

「そいつはやめとけ。綺は普通の女の子とまったく同じだ。それでいいだろう」

凪はややきつい声を出した。博士は肩をすくめた。

「まあ、君がそう言うなら、それでもいいがね」

博士はモータル・ジムの腕を持っていき、それを研究用のケースに入れた。

それから振り返って、

「私は調べるとして、君はどうするんだね？」

と訊ねようとしたときには、もう凪は席を立って、研究室から外に出ようとしているところだった。

「おい――」

博士がその背中に呼びかけても、凪は振り向きもせずに、

「慎重にやってくれよ――あんただって自分の生命は惜しいんだろう」

と、やや突き放したようなことを言って、そしてそのまま去っていった。実にせわしくなく、彼女が如何《いか》に余裕のない人生を送っているのかを如実《にょじつ》に表しているような、そういう態度だった。

「まあ――それはそうだが――なあ」

ひとり残された博士は、ふう、とため息をついた。

それからケースの中の腕に目を落とす。

「………………」

しばらくそれを見つめていた博士は、心の中で思った。

（確かに、実に決定的な手掛かりだな――決定的すぎる……）

それから頭を少し振って、口の中でぶつぶつと何やら呟いた。その言葉は誰の耳にも届かなかったし、たとえ聞こえたとしても、彼が何を言ったのかは誰にも理解できなかっただろう。

釘斗博士はこのとき、

〝そろそろ学生気分でいるのはやめて、就職するか――〟

と言っていたのである。

3.

「あーっ、くそったれ……」

村津《むらつ》隆《たかし》は十七歳で、金持ちの息子だが、学校には通っていない。毎日ぶらぶらと目的のない日々を過ごしている。

「うーっ、なんなんだよ、これは……」

彼は今日も、街の通りを平日の昼間からうろついている。

人通りの多い表通りを抜けて、昼間なのに妙に薄暗い印象のある、夕方からしか開いていないような店の並ぶ裏通りの、さらに奥へと入っていく。

その中でも人通りのまったくない路地裏に行くと、そこで周囲を見回して、背中を壁にもたらせかけつつ、空を見上げた。

それは空には見えなかった。狭すぎて、青白く発光する細長い天井板にしか思えなかった。

「ちっ……なんだよ。まだ来てねえのか」

隆は忌々《いまいま》しそうに呟くと、地面に転がっていた空き缶を力任せに踏みにじった。多少中身が残っていたようで、液体が絞り出されるようにして滲《にじ》み出てきた。不快になり、隆はそれを蹴飛ばした。

からんからん、という妙に軽快な音が路地裏に響いた。

「くそっ……何してやがる。いっつもいっつも、時間は厳守しろとかぬかしてやがる癖《くせ》に──」

携帯電話を開いて、どこかに掛けてみようとして、やっぱりやめて、ふたたび閉めようとしたところで、いきなり、

「どこに連絡しようとしていた？」

と声が掛けられたので、隆はびっくりして携帯電話を落としてしまった。

横を向くと、そこには一人の男がいる。いつのまに接近されたのか、まったくわからなかった。男はスーツ姿で、ぱっと見では地味なサラリーマンのようにしか感じられない。だがその身のこなしは見る者が見ればすぐに、その道のプロと知れた。人を殺したことのある人間だけが持つ気配が、わずかに滲み出ていた。

「あ、あんたか――」

隆は男に、おそるおそる声をかけた。男は隆が落とした携帯電話を拾い上げて、そして勝手にあれこれと操作した。

「べ、別にどっかに知らせようとかしてた訳じゃねーよ。ただ――」

隆が弁解しようとしたときには、もう男は携帯を調べ終わっていて、隆に投げてよこしてきた。

「迂闊《うかつ》なことはするな――わかったな?」

「あ、ああ――俺がしくじったことが一度でもあったかよ?」

隆は怯みながらも、そう言い返した。男は冷ややかな眼で隆を見つめ返し、そして口を開いた。

「こっちで、少し急を要する事態が起きた。おまえとの取引は、今回で最後だ」

「え? なんでだよ?」

「おまえに説明する必要はない。だが最後なので、その分おまえに負担してもらうコストは高くなるが、それでどうするかは判断しろ」

男は淡々とした口調で言った。

「え、コスト——って金か？　いくらなんだよ？」

「一千万円だ」

簡単にそう言われたので、隆が驚いたのはワンテンポずれた。

「——は？　なに言ってんだ？　だって今までは、せいぜい五十万ぐらいまでで——」

「嫌ならやめるんだな。だがおまえにはそれぐらいの蓄えがあることは知っているぞ。無理な訳ではあるまい」

男は素っ気なくそう言った。

「——だって……そんな」

隆は口をぱくぱくとさせたが、言葉がうまく出てこなかった。彼は頭を左右に何度も振って、

「なんだよ……〈ダイアモンズ〉はどうかしたのかよ？　こんな急に——」

とぼやくように言った。その瞬間に彼は首根っこを摑まれて、壁に押しつけられていた。男がさっきまでとは比べものにならない殺気を露わにして、隆を吊《つる》し上げていた。

「その名前を軽々しく口にするな——特にこれからは、絶対に、誰にも言うんじゃない」

「な、なな、な——」

隆は怯《おび》えきって、顔中に脂汗《あぶらあせ》を浮かべながら、何度もうなずいた。男は、よし、と言って隆を解放した。

「それで、どうする？　一千万を用意するのか、やめるのか？」

「……や、やるよ。いつもの原液なんだろ？」

「ああ、多少はサービスしてやる。これまでよりも単価につき、量は二割増しだ」

「そ、そいつはどうも――」

隆は痛む喉《のど》をなでながら、形ばかりの礼を述べた。

「では明日、またここで待ち合わせだ。金を忘れるなよ」

「現金で持ってくるのか？　振り込みとかにできないのかよ？」

隆がそう言うと、男は心底あきれ果てた、というような眼で隆を見た。隆はバツの悪そうな顔になって、

「……言ってみただけだよ」

と弁解した。

男はすぐにその場から消えた。ひとり取り残された隆は、ちっ、と舌打ちして、壁を蹴って、そして自分も路地裏から外に出て、馴染《なじ》みのクラブに向かった。

店はまだ閉まっていたが、彼は裏口の合い鍵を、金を渡している店員からもらっているので、難なく入り込む。

まだ誰もいない。彼は明かりをつけることもせずに、そのまま手近にあったベンチに腰掛けて、

「……あーっ……」

と大きなため息をついた。

（ちくしょう――一千万か）

うまく捌《さば》くことができれば、倍に――いや三倍にはできるだろう。しかし……。

（くそ……なんだか嫌な感じがする――）

これでいいのか、と思い、しかし後には退《ひ》けないような気分にもなっている。

そのとき、店を管理している者が鍵を開けて、中に入ってきた。隆はびくっ、と顔を上げたが、すぐに確認して、また顔を伏せる。

「あれえ、タカシくん。今日は早いねえ」

既に三十歳近いのに何年もずっとバイトの店員が馴れ馴れしい声を掛けてきた。その少し鼻に掛かる声が隆は大嫌いだったが、

「ああ――まあね」

利用している手前、文句も言えないので隆はそれなりに愛想のいい声で返事をする。

「ねえタカシくん、今度はいつ入るんだい。俺にも当然わけてくれるよな」

からみつくような口調で言われる。隆は面倒になったので、

「ああ——今もありますよ」

と言って、ポケットから彼が取り出したのは、注射器でもなんでもなく、ただの口臭防止用の小型スプレーだった。だがその中身は隆によって入れ替えられている。

「ほ、ほんとかい。でも今はちょっと持ち合わせが——」

「こいつはサービスにしときますよ。野木《のぎ》さんには世話になってるしね」

「そ、そうかい——悪いね——」

店員は眼を血走らせてスプレーを受け取りに小走りでやって来て、手に取る時間ももどかしいというようなせっぱ詰まった調子で、すぐに鼻の穴にそのスプレーを押し当てて、中に噴射した。

「……おお、ああ……」

すぐに眼つきがとろんとして、口元がだらしなく緩《ゆる》む。

粘膜《ねんまく》から吸収されるタイプの、特製のドラッグである。名前は〝サンド・クリット〟という。秘密結社〈ダイアモンズ〉が資金源の一つとして製造しているものだった。取り扱いが簡単な割に作用が強烈なので、いったん使い始めるとなかなかやめられなくなるのだ。しかも輸入の際には単なる洗剤として扱われる成分しか検出されないので、税関を堂々と通過しているのだった。隆はそれを社会に流している末端の売人だった。

（金、か——とりあえず金が欲しくて、この仕事を受けているが——）

親の金ではない、自分の好き勝手にできる金を手元に置きたくて、彼はダイアモンズに協力しているのだが、しかし彼の本当の目的は金ではない。

(俺は——俺だけのものを見つけられるんだろうか。なあ、れき——)

彼は心の中で、想い出の人物に呼びかけた。

そうするといつも、その心の中の人物は、にっこりと微笑んで、

〝そう——あなたも必ず、あなたにしかできない、あなただけの運命を手に入れられるわ〟

と話しかけてくれるのだった。十年前に別れたっきりの、その少女——そのイメージは隆の脳裏に刻み込まれていて、決して薄れることがない——。

4・

れき——無論それは綽名で、本名は暦《こよみ》という。

冥加《みょうが》暦。それが彼女の名前だった。この変わった名の少女は、かつて村津隆の近所に住んでいた娘だった。彼が小学生で、彼女はそのとき十七、八歳ぐらいだったのではないかと思う。

隆はそのころから、学校とは折り合いが悪かった。特に何が理由というわけでもなく、とにかく居心地が悪かった。

そんなときに、彼は彼女に出会ったのだった。彼女はぽつん、と一人で公園のベンチに腰掛

けていた。

彼女は、その近所では有名人だった。何度も何度も自殺未遂を犯して、学校にも行っていない。家に閉じこもっているかと思うと、ふらふら出歩いたりもする。誰とも話さず、呼びかけても答えない。最初の内はみんなピリピリしていたが、そのうちに彼女は無視されるようになった。そこにいるのに、いないものとして扱われるようになったのだ。

だがそのとき、隆はひとりきりでいる彼女に向かって、まるで引き込まれるようにして声を掛けていた。

「おい、あんた――死にかけたんだってな」

年上の者に向かって、実に生意気なものの言い方をしたが、彼女の方はまったくそれに腹を立てる様子も、そしてとまどった表情も見せずに、静かに、

「ええ――殺し損《そこ》ねたわ」

と答えた。

「え？」

「私は、この身体を殺し損ねた――もう手遅れね」

彼女は淡々と、不思議なことを言う。

「ええと……？」

「私は自分の、この運命を殺そうと思った。なんどもなんども――でも、どうしてもできなか

った。今では無駄《むだ》だと悟《さと》ったわ」

そんなことを言いながらも、少女の顔には特に思い詰めたような様子はない。

「私は私であって、私ではない……この身体は、私として生まれたのだけど、ほんとうは私のものではない……別の者のための、ただの入れ物——私自身は空っぽの、なんにもない存在」

彼女は隆のことを正面から見つめてきた。その眼はどこまでも遠くを見ているようで、隆は落ち着かない気持ちになったが、しかし不快ではなかった。すると彼女はそんな彼にうなずいてきて、

「あなたも、きっと私と同じ——別のなにか、巨大で圧倒的ななにかに引きずられて、それに流されてしまうために生まれてきた。自分自身は空っぽで、そこに運命が満たされるときをただ待っているだけ——」

と、囁くような声で言った。何を言っているのか全然わからなかったが、しかし隆は、その少女に惹《ひ》かれはじめていた。いつ行っても、彼女はその場所にいたので、ろくに意味もわからない彼女の話を、彼は何度も何度も聞きに行ったものだった。

だが、それは突然に途切れることになる。彼女の一家が急に外国に引っ越すことになったのだ。

彼女と会っていることは他の誰にも言わないでいたので、隆がそのことを知ったのは直前になってからだった。

あわてて彼女のところに行ったが、時間はほとんどなかった。だがそのとき、彼女は妙に晴れ晴れとした顔をしていた。

「私は、私の運命に出会いに行くわ――空っぽの自分を捨てて、強くて無敵の存在に生まれ変わるのよ」

彼女はそう言って去っていった。そしてその翌日――彼女の一家が乗っていた飛行機が、外国の空港で着陸に失敗し、乗員乗客のすべてが死亡するという事故が起こったのだった。

あまりにも飛行機がバラバラになりすぎて、全員の死体は確認しきれず、彼女の痕跡も見いだすことはできなかったという――行方《ゆくえ》不明、それが冥加暦という少女に関する最後の記録だった。


「………………」


クラブは開店し、騒がしい喧噪《けんそう》に満ちた空間に客がどんどん増えていく。

その中でひとり、村津隆はじっと踊り続ける客たちを観察している。自分の商売相手になるかどうかを見極めているのだ。やけに興奮している癖に、妙にびくびくしているような連中は絶好のカモである。

うまいことを言って薬物にハメたカモを相手に、延々と金を搾《しぼ》り取る――それを繰り返してきた。

だがその出発点には、あきらかに冥加暦の影があった。彼女の言っていた、そしてその横顔に満ちていたあの確信——人には人の運命があり、生まれ変わるときを待っているのだという——あの言葉に導かれて、隆はとにかく、彼にとって唯一、力であり、強くて無敵だと思えるもの、つまり金にしがみつくようにして、自分でそれを操れるようになりたかっただけだった。

(どうする……ダイアモンズはもう俺と取り引きしそうにない。新しいツテを探すか？　それとも——)

隆がぼんやりとしていると、ふと、クラブのフロアの隅にひとりの女がいるのに気がついた。

そいつは、こういうところに踊りに来るにしてはあまりにも場違いな格好、プロテクター付きの革《かわ》のつなぎなどを着込んでいた。

そして彼と同じように、自分は踊らずに他の者たちばかりを見ている——そして、その眼が隆の方を向いた。

じっ、と、まるで鷹《たか》が獲物を探しているかのような、鋭い眼つきである。隆は反射的に眼を逸らしていた。

そして、どうにも落ち着かない気持ちになり、今日のところは新しいカモを見つけるのはやめて、とりあえず去ることにした。

そのときに彼の脳裏に浮かんでいたのは、どういうわけか冥加暦が話していた、あのとりとめのない言葉の中でも、特に意味がわかりにくい呟きだった。

〝そうね——私はきっと、戦うことになるんじゃないかって思う〟
〝私が冷たく、冷静な氷だとすれば、それを溶かそうとする燃える炎のような、熱くて鋭いなにか——私はそれと戦うように決められているんじゃないかって、そう思う——〟
熱くて鋭い——それは、あの女が自分を見つめてきたあの眼差《まなざ》しのような、そんなものではなかったのかと、ふいにそう感じていたのである。

＊

翌日——。

秘密結社ダイアモンズの男は、彼らが利用していた村津隆から一千万円をまんまと引き出すことに成功して、アジトへと戻った。

そこは、輸入会社名義で借りている倉庫だった。実際に倉庫としても使っていたが、今はすべての在庫を処分してしまったので、閑散《かんさん》とした広い空間が無駄に広がっている。

取り引きしてきた男の他にも、全部で七人の人間がそこにはいた。全員が、その筋のプロとしかいいようのない、隙《すき》のない尖《とが》った気配の持ち主ばかりであった。

「どうだった、例の小僧《こぞう》は」

「いや、さすがにこの国の連中は金がある——あんな子供でも、ぽんと一千万だしやがったよ。

ほれ」

男がスポーツバッグに詰められた札束を見せると、他の仲間たちもほう、と声を上げた。

「当面の移動費用はこれでなんとかなったか。本部との連絡が切れてから、すでに五日にもなるしな——我々としても、これ以上は同じ場所に留まっていられない」

「在庫が残っていて助かったが——それでも、あのジィドのヤツが〝船を動かせ〟なんて変なことを要求してこなきゃ、億単位で金を残せたのに」

「じゃあ、おまえがヤツに文句を言ってみるか？」

「……よせよ。冗談じゃない。あいつは合成人間よりも危ない」

男たちの間に、うんざりしたような空気が流れた。話題に上っていた人物に対して、誰一人として好印象を抱いていないようだった。

「しかし、ヤツは俺たちと一緒には逃げないんだろう？」

「そのはずだ。なんだか〝後は勝手にしていいぜ〟とか言ってやがったからな」

「だがあいつだって、本部がどうなっているかわからない、この状況は知っているんだろう？今、ヤツは何をしているんだ？」

「ヤツは、前からパールに心酔《しんすい》していたからな……自分だけで彼女を捜《さが》す気なのかも知れないな」

「パールだって、もう生きているかわからんのだろう？　本部が統和機構に襲撃されたのだとしたら、彼女は真っ先に狙われるだろう」

「俺たちだって、狙われることには違いないんだ。なんとか身を隠さないとな――」

男たちが互いの顔を見合わせて、あらためて結束を固めたそのとき、ふいに倉庫の天井から、ごん、という鈍い音が響いてきた。

「――！」

男たちは一斉に、腰の銃を抜いてかまえた。上だけを見る者は誰もおらず、周囲全体を警戒している。

すると続いて、今度は倉庫の西側の壁から音がした。

さらに東側からも、裏手の方からも――ごん、ごん、と四方から、まるで乱暴なノックのような音が聞こえてくる。

「………」

男たちは神経を尖《とが》らせて、この音の正体と次の事態を待ちかまえた。何者かの襲撃だとしたら、音は囮《おとり》で、それがしなかった方から来る可能性が高い――と彼らが考えを巡《めぐ》らせたそのとき、そんな思索を馬鹿にするかのように、やけにはっきりとした声が外から聞こえてきた。

〝――ひとつ、言えることは……〟

それはよりによって、倉庫の正面入り口から聞こえてきた。しかも、若い女の声だった。

〝腹が立つ、ってことだ――自分に腹が立つ。おまえたちのような連中を、一時《いっとき》でも街にのさばらせた自分の不甲斐《ふがい》なさに、とにかくムカついてムカついてしょーがねー……〟

女の声はだんだん大きくなってくる。近づいてくるのだ。

「——誰だ!」

男たちのひとりがそう呼びかけると、声はそれを無視して、

〝手遅れかも知れねーが、それでもやらないよりはマシだろう——おまえらのようなクズ連中を潰《つぶ》すのは、な〟

と、まるでため息混じりの愚痴《ぐち》のような口調で、女は言った。

そして、倉庫のドアに手を掛ける音がして、続いて——女はそれを一気に引き開けてしまった。

外から射し込む逆光を背に受けて、堂々たる態度で、彼女は男たちが向ける銃口の前に立った。

霧間凪。人呼んで——炎の魔女。

不機嫌そうな顔の彼女は、武装した男たちを前にして、

「——あーっ、腹が立つ……」

とまた言った。

5.

凪は、その手には武器は何も持っていない。素手だった。

相手は一人しかいない、ということが男たちにもわかって、彼らは眼を丸くした。

「……な、なんだおまえ？　ここに何しに来た？」

あるいはこいつはどこかの組織の使者ではないのか――あまりにも大胆、かつ無頓着《むとんちゃく》な凪の様子に、男たちは一瞬だけそう思ったのだ。だがこの誤解を当の本人がきっぱりと、

「だから言っただろう――おまえらを潰しにだよ」

と否定してしまった。そして男たちを、その鋭い両眼ではっきりと睨みつけた。

その眼差しには、なんら誤解の余地はなかった――男たちは全員、一瞬にして理解した。

こいつは、自分たちの敵なのだ、と――そして彼らは凪めがけて銃を発射した。

だが彼らが銃の引き金を引くために、肩の筋肉をわずかに強張らせたのを見ていた凪はそれよりも一瞬速く動いていた。

それは避けるというには、あまりにも不思議な動作だった。凪は右でも左でもなく、下に――そして前に移動していたのだった。

自分に対して銃を撃ってくる男たちの方に向かって、凪はなんと――飛び込み前転で突っ込

んで行ったのである。無防備な背中を一瞬、完全に男たちに向けたことになるが、しかし——凪の頭か胸を狙っていた男たちの狙いはすべて外れた。

「な——」

男たちは下に銃を向けようとするが、これは彼らの戦闘経験にはない動作だった。しかも凪は、一瞬のうちに男の一人の懐《ふところ》に飛び込んでしまっていた。

そして、相手に届くぎりぎりの距離でもう足払いを掛けている。

「——うわっ！」

倒れていく男の身体の、その陰に隠れるようにして凪は飛び込んだ——すると彼女を狙おうとしていた男たちが放った弾丸が、その倒されようとしていた男の身体にめり込んだ。

ぎゃあ、という悲鳴が上がり、男たちが怯んだときには、もう凪は別の動作に移っている。

倒された男が手からぽろり、と取り落とした拳銃が床に落ちる前に、手に取ることもせずに、脚をふるって——次なる標的に定めた男の顔面めがけて蹴り飛ばしていた。

銃は、当然ながらきわめて頑丈《がんじょう》にできている重い物である——それに顔面を直撃された男は、前歯を全部折られて後ろに吹っ飛んだ。

「——な……！」

残った男たちは凪に銃を向けようとする……凪は蹴りを入れた勢いのままに身を翻《ひるがえ》して、倉庫の隅に積まれていたドラム缶の陰に飛び込んだ。

ばんばん、とそこに銃撃が容赦《ようしゃ》なく浴びせられる。空っぽのドラム缶には穴が開き、弾丸の盾《たて》にしようと向こう側にいた者も蜂《はち》の巣になった——と思われた。

だが凪は、ドラム缶の陰に飛び込んで、そこでまったく停まっていなかった。だから男たちが撃ったときには、もう反対側から飛び出していた。

はっ、と男たちがそっちを向いたときには、また一人——凪の飛び膝蹴《ひざげ》りの餌食《えじき》になって、吹っ飛び、そしてそのすぐ後ろにいた男も一緒に吹っ飛ばされて、倒れながらも銃を構えようとしたところを、その手を凪に踏まれていた。

凪のブーツは工事現場で使われる安全靴と同じく、中に鉄板が仕込んである——それに踏みにじられて、男の手は銃と一体化するかのような、いびつな形に骨ごとひしゃげてしまった。

しかも踏みながら、凪はそのまま駆け抜けようとして男の顎を反対の足で蹴っていた。意識は一瞬で消えてしまっただろう。

残るは三人——この男たちはさすがに接近戦では相手の方が遙かに上と悟って、ぱっ、とその場から後方に飛びすさって離れた。

だがその内の一人は、逃げ切れない——凪のスライディングが男の足首を刈り取り、転倒したそいつは頭を強打して、そして動かなくなった。

凪はここで、やっとそいつの銃を拾って、そして自分も物陰に飛び込んだ。

ここまで——十秒と経《た》っていない。

凪と同じように物陰に潜んだ敵は、あと二人。

そいつらは回り込むようにして移動して、凪を挟《はさ》み撃ちにしようとしていた。

そいつらに向かって、凪は言った。

「おまえたちが流していた〝サンド・クリット〟という薬物から、毒素を検出することに成功した——だからもう、あれはれっきとした違法になって、警察も動いている。もうすぐここにもやってくる。だから——」

敵が動いているのを知りつつも、凪はその物陰に腰を据《す》えるようにして、動かない。

「——警察に捕まれば、統和機構とは戦わなくてもすむぞ。その方がおまえらも安全だろう」

凪がそう言っても、相手は返事をしない。凪は、ふん、とかすかに鼻を鳴らした。

「やっぱりそうなのか——統和機構ってのは、警察なんぞとは比較にならないほどに恐ろしいもののようだな？　しかしだったら、なおさら刑務所に行った方がいいんじゃないのか。逃げ切れるものでもなさそうだし、な——」

「……おまえは、なんなんだ？」

男の一人が、耐えきれなくなってつい、そう訊いていた。彼らにはあまりにも、訳のわからない状況なのだった。

「まさか、ほんとうに街に〝サンド・クリット〟を流していたのを、それを潰すためだけに——」

「おまえらにとってはただの資金稼《かせ》ぎでも、それで人生が無茶苦茶にされる人間がいるんだよ」

凪のきっぱりとした言葉に、男は思わず甲高い声を上げてしまった。

「馬鹿な！　そんなはずがあるか！　どうでもいい一般人のために、わざわざ一人で俺たちを倒しに来るようなヤツなんか、そんな——そんな下らないヒーローみたいなヤツが、この世にいるものか！」

「じゃあ、いないんだろ——」

凪の、ほとんど投げやりのような声は、途中で、ごん、という鈍い音によって途切れた。

はっ、と男が物音の方をこそこそと窺《うかが》うと、残っていたはずのもう一人の仲間が、物陰から突き飛ばされて床の上に転がり出たのが見えた。

どうやら男と凪が対話している隙をついて襲おうとして、逆にやられてしまったようだ——いとも簡単に。

これで、ダイアモンズの者はもう、彼しかいない。

ひっ、と喉の奥からかすれ声が出た。自分の発する声ではないように聞こえた。

背後の方で、かさり、と物音がした。彼は反射的にそっちに向かって銃を発射していた。だがそのとき、さらに後ろから、

「こっちだよ」

という声が、ほとんど耳元で囁かれた。

悲鳴と共に振り返って、そして銃をそっちに向けて撃とうとする——だが、弾丸が出ない。

「弾《たま》切れだよ——撃った数は数えとけ」

と、凪は敵から奪った銃を、男の顔に押し当てて言った。凪は敵の装弾数《そうだんすう》を、すでにその銃で数えていたのだった。

「ちなみに、こいつにはまだ三発残っている。おまえが質問に答えないと、左頬と歯が半分吹き飛ぶぞ。わかったか？」

凪の容赦ない声に、男はがくがくとうなずいた。凪はうなずいて、そして尋問《じんもん》を開始した。

「さっき、おまえらは変なことを言っていたな——〝船を動かせ〟と言われたとか、なんとか——そいつはなんのことだ？　ジィドというのは何者だ」

「お、俺たちもろくに知らないんだ。ジィドってのは、幹部だ——罠《わな》とか仕掛けるのが、異常にうまいヤツで」

男は脂汗を浮かべながら、ぼそぼそと答えた。

「船は、だいぶ昔にこの国に持ち込んでいた貨物船で、孤島の隠しドックに係留していたんだ。中に何が積まれているのかは、俺たちも知らされてない——でもそいつを、ジィドは急にエンジンを入れ替えろ、港につけろってあれこれ命令してきて——ほんとに詳《くわ》しいことは、なにもわからないんだ……」

「その港というのはどこだ？」

凪は鋭い口調で訊いた。

6.

村津隆は、自分が突然に足場を失ったことを自覚した。

彼が、ダイアモンズから買い取った〝サンド・クリット〟の原液入りのペットボトルを保管しておいたコインロッカーのところに行ってみると、そこには何人もの警官がいて、あれこれと調べているところだった。遠くから見ていたので、向こうからはわからないようだったが、もちろん近寄ったりはせずに、そのまま逃げた。

(な……?)

彼が貯金していた金のほとんど全額であった一千万円をはたいて買い込んだブツは、どうやら水の泡《あわ》になってしまったらしい――なにがなんだか、訳がわからなかった。

(ダイアモンズが焦《あせ》っていたのは、こういうことだったのか……?)

混乱しながら、彼は街をふらふらとさまよっていた。

運命――そんな言葉が脳裏をよぎっていた。

冥加暦が言っていた〝あなただけの運命〟というのは、しょせんこんなものだったのだろうか?

（れき――俺も、あんたみたいに消えるだけなのか――？）

彼は怖かった。

彼女に、私とあなたは似ていると言われて、その彼女があっさりと死んでしまったと聞かされて、それがずっと恐ろしかった。自分も足掻《あが》いていないと消えてしまうのではないか、と――その観念が彼の心の中に突き刺さって抜けなかった。

そして今――とうとうその破滅がやってきたのだろうか。

もう金はない。彼を守るものは何もない。警察に捕まったら、親も彼のことを見捨てるに違いないと思われた。

（お、俺は――俺は――）

隆がぼんやりと歩いていたら、その前にいくつもの人影が立ちはだかった。

「おい、おまえ――おまえだな、最近ここらで荒稼ぎしてたっていうガキは」

乱暴な口調で呼びかけてきたのは、この辺りを縄張りにしていると思しきヤクザだった。全員が蛇《へび》のような眼をしていた。

「…………」

隆は、とっさには反応できなかった。目の前の事態が把握《はあく》できなかったのだ。

するヤクザの一人に襟元《えりもと》を摑《つか》まれて吊し上げられた。そのまま路地裏へと連れ込まれる。

「とぼけんじゃねえぞ、おい――ネタは上がってんだよ。警察がここら辺に麻薬を流していたヤツがいるって調べ始めてるんだ。それって、おまえのことだろう――最近チョロチョロしてるって噂《うわさ》になってたからな」

「俺たちに筋通さねえで、ずいぶんと勝手してくれてたみてえだな、小僧――落とし前をきっちりつけてもらうからな！」

「………」

脅《おど》されても、隆はなんだか目の前の出来事が現実とは思われなかった。今まで自分がやってきたことが、ひどく空虚なものに感じられて仕方がなかった。

（れき――あんたは――どうだったんだ……運命を悟《さと》ったときに、どんな気がしていたんだ……？）

彼が心の中で、彼女に呼びかけたとき――その場に予想外のものが混じってきた。

ヤクザたちの背後に、いつのまに現れたのか――ひとりの男が立っていた。高級そうなブランド品のスーツをすらりと着こなして、髪をクルー・カットに刈り込んだ、どこぞのエリート商社マンかといった外見の、細いメタルフレームの眼鏡を掛けた男だった。そいつはいきなり、

「なあ、ひとつ提案なんだか――」

と、妙に馴れ馴れしく話しかけてきた。

「どうだろう、取り引きしないか」

「ああ？　なんだてめえ、すっこんでろ！」

と、ヤクザの一人が凄《すご》もうとしたところで、その男は人差し指を一本だけ立てて、それでヤクザの胸を、ちょん、とつついた。

するとその瞬間、そのヤクザはがくり、と全身から力が抜けてしまったかのように、その場に崩《くず》れ落ちた。

「な――」

他のヤクザたちが呆然としている中、男はゆっくりとした足取りで近づいてきて、

「考えてみないか――君を助ける代わりに、君も私を助ける、どうかな」

と言った。

ここで隆は、その男はヤクザではなく、自分に向かって話しかけているのだということに気づいた。

「え……」

「こ、この野郎！　なにしやがった！」

ヤクザたちは隆を放り投げて、男に向かって喧嘩《けんか》腰になった。刃物を出した者もいた。

だが男は、それをろくに見もしない。まるでヤクザたちなどその場にいないかのように、隆に向かって、

「君は、ダイアモンズという組織と関係を持っていただろう？　そいつらは君に、何か言い残したりはしていなかったか？　あるいは、うっかり口を滑《すべ》らせていたことなんかは？」

と、淡々とした口調で質問してきた。

「…………」

隆は答えられない。そして無視されたヤクザたちは、舐《な》められたと思って男に対して激高した。

「てめえ、ふざけるんじゃやねえ！」

ドスを振りかざして、男に向かって斬《き》りかかっていった。

男はそれに対しても、ほとんど動かなかった——ただ、さっきと同じように人差し指を立てて、それをかざしただけだった。

振り下ろされる刃物を、その指先で受けとめようとしていた。無茶だ、と隆は思った。斬られる、そう思った。

だがその予測は、まったく逆だった。

きん——という音がして、分断されたのは男の指の方ではなく、振り下ろされた刃物の方だった。

そして異様なことは、その直後に起こった。

折れたその刃物の先端部が、空中で停まっていた。見えない糸で吊られているかのように、宙に浮いている——。

「え……」

その場にいた者たちは、口をぽかんと開けてその不思議な現象を見つめていたが、その余裕はほんの数秒しか続かなかった。

宙に浮いた刃は、ぶん、と弧を描くような動きで移動した。

その軌道上には、ヤクザたちの首筋があった。

すぱぱぱっ、と鮮やかに、彼らの頸動脈《けいどうみゃく》が一瞬で、ほとんど同時に斬られていた。

血が迸《ほとばし》り出て、路地裏はたちまち真っ赤に染まっていった。

ヤクザたちの身体が目の前で倒れていく光景を前にして、隆は何も考えられなくなっていた。

ほんの数秒前まで、彼はヤクザに痛めつけられて、その後でどうなっていたかわからないような状況にあったはずなのに、今は——そのヤクザたちは皆、死んでいて、彼の方は傷ひとつない。

「…………」

隆は絶句している。

そんな彼を、エリート風の男がまっすぐに見つめてきていた。

くいっ、と彼が人差し指を動かすと、宙に浮いていたドスの先端部は、隆がもたれかかっている壁に、がつっ、と突き刺さって、そこで奇妙な浮遊現象は終わったらしく、自重《じじゅう》で地面に落ちた。

「私は有賀《ありが》という者だ。有賀宗俊《むねとし》という。君は村津隆くんだろう？」

男はそう名乗った。周囲に転がっている死体のことなど、まるで意に介さないような調子であった。

「…………」

隆が、これで終わったと思ったはずの人生は、なんだか変な方向に進んでいるようだった。

(こ、こいつは——こいつはいったい何なんだ? なあ、れき——)

隆の脳裏には、冥加暦が言っていた言葉が反響していた。

〝私は、運命を殺そうとした。なんどもなんども——でも、どうしてもできなかった〟

運命——。

彼に待ち受ける、用意された運命。

それが訪れるまでは、どんなことになろうとも、彼は——無理矢理にでも生かされ続けるというのだろうか?

chapter two
<the devotion>

『信じられるものを持つことと、信じたいものを持つことは根本的に異なり、人はほとんどの場合、自分の希望と心中することになる』

――霧間誠一〈あやまちのはじまり〉

1.

羽原健太郎《はばらけんたろう》は変わった少年である。

成績優秀で将来有望だったのは中学までで、高校に入ってから急にやる気をなくして、不登校すれすれの投げやりな生活をするようになった、もと神童の成れの果て——みたいに周囲からは思われているが、実際のところ彼は、真面目に毎日、学校と塾に通い続けていた頃よりも、今の方がずっと頭を使っているし、その頭脳もさらに明晰《めいせき》になっている。

（馬鹿だったな、あのころは……今じゃ考えられないな。なんにも考えていなかったな……）

炎の魔女こと霧間凪の協力者として、その青春を情報分析と諸雑務と、そして時折は暴力沙汰《ざた》にまで発展する荒っぽい活動に費やしているのだ。彼は、見た目はやせっぽちで、色も白いのでとてもそうは見えないが、実のところ大学の空手部主将クラスの人間であっても、彼に手を触れることさえできないだろう。彼は拳で相手を殴《なぐ》りもしないし、足で蹴りもしないが、相手の小指の骨を折って行動不能にしたり鼓膜《こまく》を破って立てなくさせるやり方などには、これは精通しているのだ。

（まあ、それでも凪には全然かなわねーし、亨《とおる》みたいな侍《さむらい》野郎ってわけでもねーから、そうそう正面切っては行けないんだが……どうも俺には、強さがまだまだ足りない——）

健太郎は、親元を離れて一人暮らしをしているマンションの一室で、今日もモニター画面をにらみつけている。

凪に依頼された、事件の関連事項の調査を進めているのだが、その最中に、なぜかいつもはあまり意識しない、自分の弱さについて考えてしまっていた。

（……なんで、こんなことを考えている？）

健太郎は眉間《みけん》に力を込めて、何台も並べてあるパソコンのモニターのひとつを睨んでいた。

そこには「村津隆」という名前が書かれていた。凪が潰した犯罪組織の売人をしていた少年だ。周囲からはそんなに不良だと思われていないが、こいつは人に中毒性のある薬物を売りつけて、それで一千万以上の金を稼《かせ》いでいたのだ。

（くそったれのろくでなしだ――しかし、こいつはなんか、以前の俺に似ている……）

彼が凪と出会ったのも、いきがって調子に乗っていた彼がハッキングでかすめ取った企業データを裏取引で流していたのを、凪に見つかったことから始まっている――そのときは、凪はより大きな悪事を暴くために、彼のことを泳がせて、利用したのだった。しかし――健太郎はそこで腹も立たず、逆に凪に心酔してしまったのだった。あれから数年、この押し掛け弟子みたいな状態もそれなりに様になってはきたが、もしも凪と出会っていなかったら、彼女に助けてもらわなかったら、健太郎は今頃、この村津隆のようになっていたかも知れない。

（といって同情する気はまったくねえし、むしろムカムカするだけだが――ちっ）

彼はキーボートを叩いていた指を止めた。いくらあさっても、ここ数日の村津隆の痕跡はない。

行方不明なのだった。

実家にも戻っておらず、街の知り合いも見かけなくなったという。

凪は、この少年のことは悪事の元を絶ったからひとまず放置、ということにしたらしいが、健太郎の方は心にひっかかるものを感じて、調べていったらどこにもいなくなっていたのだ。

しかもその直後に、近くでヤクザ同士が喧嘩《けんか》の果てに死亡するという事件が起こっている――同じ組織の者同士が、仲間割れでもしたのか、自分たちが所持していた刃物で斬り合ったらしいのだ。折れたドスが落ちていて、その切っ先と全員の傷口が一致していたらしい――。

（なにか、ひっかかる……）

村津隆とこの事件の間には、なにか関係があるのではないか、根拠はないのだが、そんな気がしてしょうがないのだった。

（そう、こいつにはあのにおいを感じる――何がとは言いにくいが、どこかが不自然で――こいつには統和機構の関わっていることの感触があるような――しかし）

凪には知らせていない。彼女は、港に停泊している怪しい船のことを調べに行っている。それはより確かな情報に基づいた、切迫した事態で、健太郎のあやふやな勘《かん》よりも優先すべきことだったから、

（こいつは俺の方で、できたら処理しておきたい——つーか、できるかぎり凪には、直接は統和機構とはぶつからないようにさせたい——）

統和機構は実体の見えない巨大なシステムで、善とも悪とも言い切れない得体の知れない存在だ。対して凪には、許せぬ悪と戦うというシンプルな目的があるだけ——このふたつは相容れないものなのか、それとも何らかの形で協力しあえるものなのか、それを見極められるまでは、下手《へた》に統和機構を刺激するべきではない、と彼は考えているのだった。

いつかは〝その日〟がやってくるのは避けられない。だからそれまでに、健太郎は自分のできる限りのことをしておこうと心に誓っているのだ。

（この、村津隆——もしもこいつが俺に似ているという勘が正しいのならば、こいつには、何かがあるはず——俺にとっての凪みたいな、そういう何かを心に秘めているはず——そいつはなんだ？）

健太郎は、隆が根城《ねじろ》に使っていたクラブの店員にやや荒っぽい聞き込みをおこなって、そこで奇妙なことを聞き出していた。

〝そ、そういえば——一度だけ、あいつが居眠りしているときに、変な言葉を寝言で言っていたことがあるよ——〈れき〉とか、なんとか——〟

そう言っていた。なんのことだかさっぱりわからないが、しかし——

（わからないからこそ、何かがひっかかる——）

れき、とはなんだろうか？　誰かの綽名だろうか。

（れき——歴、いや、暦《こよみ》、か……？）

そういう名前の女のことだろうか。そんな名前を、最近どこかで見かけたような……。

（女——しかし奴の身辺にはそんな名前の女はいない。いたとすれば過去、か——それでは辿《たど》りようもないか。……ええい、はっきりしてることが少なすぎるな）

健太郎は頭をがしがしと少し乱暴に掻《か》いた。

「亨の方が、なんか掴んでくれてればいいんだがな……」

口の中でそう呟いた。凪の協力者のひとりで〝イナズマ〟という別名を持つ凄腕の男、高代《たかしろ》亨。彼は今、浅倉朝子という少女と一緒に外国に行っている。これも統和機構に絡《から》んだ調査だ。そっちでなにかわかれば、かなりの進展になるのだが……。

彼は何気なく、亮が向かった先の国の情報をモニターに出して、つらつらと眺めていた。

そのとき、机の上に置かれた警戒ランプが点滅した。

「……！」

顔を厳しくして、別のモニターに視線を移した。その警報は、この場所に予告なく接近してくる者がいることを知らせるものだった。マンションの監視カメラの映像に無断で侵入して、誰が来たのかをチェックする。

（……む）

その顔から緊張が解けた。そこに映っている少女は、凪同様に彼にとっても身内である織機綺だった。しかしすぐに、不審そうな表情になる。

「綺ちゃん、何しに来たんだ？」

綺が、彼のマンションを訪ねてきたことはかつてなかった。顔を合わせるのは凪のところでだけで、ここのことは〝緊急時の逃げ場のひとつ〟として教えてあっただけのはずだ。

彼はモニターを、他人が急に来ても何をしていたのかバレないように別の、他愛《たわい》ないゲーム画面に切り替えた。キーをひとつ押すだけで、ぱっ、と全然別のものに変わるのだ。意識して、それは少しエロティックな画像にしてあるのが、普通の少年と彼が違うところだ。

立ち上がって、玄関の方に向かう——彼の意識は綺の方に行って、つい今の今まで考えていたことは脳裏から消えている。

だから、彼が見ていた外国の資料の、その数行下から表示されていた、過去の飛行機事故のことはまったく見なかった。そこにあったひとつの名前、死体が見つからなかった犠牲者リストの中にあった〝冥加暦〟という名を。

2.

「——ここ、かしら……？」

織機綺は閑静な住宅街の一角にそびえるマンションを見上げた。住所しか知らないのだが、建物の名前などが一切外に書かれていないので、合っているのかどうか自信がない。

建物自体は、そんなに立派という感じでもない。窓もほとんどカーテンが引かれていて、華《はな》やかさもない。いかにも高級です、という雰囲気はない。入り口はなんだか狭く、どうも入る者をぜんぶチェックしているらしい。そういえば造りも、ただ地味なだけでしっかりとしたもののようだ。

(目立ちたくない人たちが住むように、セキュリティが厳重、って——ことかしら)

凪と綺が住んでいるのは、びっくりするくらいに普通のマンションなのでギャップがあるが、しかし考えてみればこっちの方が、より〝炎の魔女〟の協力者のイメージにあっている。

(凪も来たことがあるのかしら。ううん、あるに決まっているわよね——)

羽原健太郎は、綺の前ではただの気のいいお兄ちゃんという感じなので、凪と二人のときにどんな話をしているのか、考えてみたら何も知らない。

怖いことをたくさん話しているのだろうか。怖くて、すごいことを。

綺は今まで、あえてそのすごいことには近寄らないようにしていた。凪の迷惑になりたくなかったからだ。しかし——今はそんなことは言っていられない。正にその、凪の安否に関わるかも知れないことなのだから。

「——うん」

意を決して、おそるおそるマンションの入りづらい玄関をくぐった。管理人がいるということはなく、インターホンのようなタッチパネルが置いてあるだけだった。どこかで誰かがカメラ越しに見張っているのだろうか。

「ええと――」

教えられている部屋番号を押そうとしたそのとき、逆にパネルから声がした。

〝綺ちゃん、ロックは開けた。入ってくれ〟

健太郎の声だった。綺はびくっ、と出しかけていた指を引っ込めた。

「あ、あの――羽原さん、私……」

〝話は中でしよう〟

健太郎の声は素っ気ない。綺はあわてて中に入り、エレベーターに乗って健太郎の部屋まで昇っていった。

そして扉が開いて、その前にはもう、健太郎がそこで待っていた。

少し、厳しい目つきで綺を睨んでいる――と一瞬感じたところで、健太郎はにっこりと、いつもの人なつっこい笑顔になり、

「やあ、いらっしゃい。珍しいな、綺ちゃんがここに来るなんて」

と言った。綺はもじもじしながら、

「あ、あの――こんにちは」

と曖昧《あいまい》な挨拶をした。

「正樹はどうした？　たしか今日は、あいつも外出日じゃなかったか」

「いえ、正樹は――その、凪を探しています」

綺がそう言うと、健太郎は少し無表情になって、

「今日は、凪はつかまらないと思うが」

とやや突き放したように言った。

「ああ――やっぱり……」

綺はため息をついた。凪はたいてい、いつだって忙しいのだ。

「それで……私は、その――羽原さんに言っておいた方がいいと思って――」

綺がさらに何かを言う前に、健太郎は、

「とにかく、話は家の中でしよう」

と彼女をうながして、自分の部屋へと彼女を招き入れた。

その室内を見て、綺はややホッとするものを感じた。色々なものが一見、雑多に並べられているようで機能的な、その秘密基地みたいな室内は凪の自室にそっくりだった。同じことをしているのだ、ということが理屈抜きでわかる。

「散らかってて悪いね。その辺に座ってくれ」

「はい」

綺は革張りのソファーに腰掛けた。脇に毛布が置かれていることから、健太郎の仮眠ベッドでもあるらしい。ちょっととまどったが、凪もここにいつも座っているのだろうと思ったら抵抗もなかった。

「それで、話っていうのは？」

「えと――そうですね、どう話したらいいのか――」

綺は、何度か言葉に詰まりながらも、自分が遭遇《そうぐう》した〝リキ・ティキ・タビ〟と名乗った不思議な存在について説明した。健太郎はずっと眉間に皺《しわ》を寄せながら、その話を真剣に聞いていた。特に質問を挟むことなく、最後まで綺に言わせてから、彼は「むう」と唸《うな》った。

「そいつは――なんだか深刻な感じだな」

「幻覚かも、って何度も思おうとしたんですけど、でもそれにしては」

「そうだな、君の知らないことまで、君の幻覚には出てこない――幻だとしたら、誰かに見せられたことになる。だが、誰が？」

健太郎は腕を組んで、そして上目遣いに綺を見つめながら、

「統和機構だと思うか？」

と訊いてきた。綺はその単語が出てきただけで、びくっ、と身体を強張らせた。

「わ、わかりません――でもなんだか、それにしては変な気もします。私なんかに、そんな手の込んだことをするとも思えません……」

綺は、膝の上で組んだ指先が震えそうになってきたので、ぎゅっ、と力を込めて握りしめた。

「…………」

健太郎はそんな綺を見つめ続けていたが、やがて、

「どうしてだ？」

と訊いた。え、と綺が顔を上げると、彼はうなずいて、

「どうして、まず俺のところに来た？　凪ではなく、まず俺に知らせた方がいいと、どうして思ったんだ？」

とさらに言った。綺は、首をふるふると弱々しく振って、

「……どうしよう、って思ったんです――これって、凪に言った方がいいことなのかどうか、それもわからなくって、それで――」

「まず俺に、それを確かめてほしい、って訳か。まあ、判断としては悪くないかもな。凪が直接、当たらない方がいいことかも知れないし――リキ・ティキか」

健太郎はまた、むう、と唸る。

「知ってるんですか？」

「名前だけなら。そいつはきっと〝天敵《てんてき》〟って意味だ。ある童話に出てくるマングースの名前だからな、それは。森に住む邪悪な蛇《へび》を狩るもののことだ」

「天敵――統和機構の天敵――ですか？」

「どうにもやばそうな話だな、嘘《うそ》でも本当でも――」

健太郎が考え込んでしまって、しばし沈黙が落ちた。

「…………」

綺は、ぎゅっと握りしめたままの自分の手を見つめていた。やがて彼女は、うつむいたままで言った。

「私は……消えるべきでしょうか」

その声は小さかったが、しかしはっきりとした響きを持っていた。ぴくっ、と健太郎の眉が上がった。

「どういう意味だ？」

「あの、リキ・ティキって人は言いました……おまえは彼女の力には決してなれない、って――私がいることは、凪にとって悪いことなのかも知れません――だったら」

綺の声はかすかに震えていたが、しかしそれは緊張のせいで、そこには迷いはなかった。

「正樹はどうするんだ」

健太郎がそう言うと、綺は首を横に振った。

「凪の害になることなら、正樹にとっても同じです。私は、いない方がいい――」

そう言って、また黙ってしまう。

健太郎も無言で、そんな彼女を見つめていたが、やがて舌打ち混じりに言った。

「……まあ、凪のところにまず、話をしなくてよかったな。そんなことを言ってみろ、あいつは本気で怒るぜ」

「——羽原さんは」

綺は顔を上げて、健太郎のことを見つめ返した。

「凪のやっていることを利用して、何かをしているんですか？　得することはあるんですか？」

「は？」

「何もしていないわけじゃ——ないんでしょう？」

「……否定はしないけど、それがどうした？」

「凪と一緒にいることも、ある意味お互い様なんでしょう？　でも、私は……私はもらってばかりで、凪に何も返せていないんです」

綺は思い詰めたような眼になっていた。

「…………」

健太郎は、やや遠くから話しかけるような口調で、

「なあ綺ちゃん、ジャンヌ・ダルクって知ってるか」

と、唐突《とうとつ》に言った。綺は、え、と虚をつかれて、きょとんとした顔になった。

「え、ええ……知ってますけど。聖女とかいって……」

「そうだ。使命感に駆られて、民衆を率いて、侵略者と戦った少女だ。だが彼女は、敵に捕まったときに、時の権力者に危険視されて、仲間に見殺しにされたあげく魔女扱いされて処刑されてしまった」

「…………」

「彼女のことは悲劇だ。どう考えても理不尽《りふじん》なことだ。何かを守るために戦っても、その守るべきものの方が歪んでいたらなんにもならないっていう——だが、俺は、ジャンヌ本人よりも、その戦友として一緒に戦っていたある人物に興味がある。そいつは後に〝青髭《あおひげ》〟と呼ばれて、ジャンヌ並みに有名になった——どうしてだか、わかるか？」

「いいえ——」

「そいつは子供を次々と拐《かどわ》かしては殺す、凶悪《きょうあく》かつ異常な殺人鬼になってしまったからだ。百人以上も殺して、最後には縛《しば》り首になった」

「…………」

「俺はそいつの気持ちが、なんだかわかるような気がするんだ。俺は、そいつと同類だと思う——凪がいる内は、それなりにまともでいられるが、彼女がいなくなったりすれば、俺は正直、何をするか自分でもわかったもんじゃないって、そう思う——青髭は、なにがなんでも、自分も一緒に死ぬことになったとしても、ジャンヌ・ダルクを見捨てるべきじゃなかった。奴は結局は悪党だった。そして俺も悪党だ。だがそんな悪人でも、自分の心を救ってくれるひとと出会えることもあるんだ。悪には悪の救世主が必要で、そして——悪党こそ、それを絶対に裏切ってはいけないんだ。俺はそう思っている——」

淡々と語りながら、健太郎は綺のことを見つめ続けている。そして綺も、

「ええ——わかる気が……します」

と、彼に向かってうなずいた。

「私も、きっとそれは同じです……」

「だから俺は、君が凪にとって危険だと思ったら、彼女に内緒で君のことを始末する。俺にとっては残念ながら、君も正樹も凪のことに比べたら二の次だ」

健太郎はまったく綺から眼を逸らさずに、特に睨みつけることさえなく、静かにそう言った。

そして綺は、彼女はこの非情な宣告に対して——

「ありがとう、羽原さん」

と、にっこり笑ってそう言った。そこにはなんの揺らぎもなかった。恐怖も興奮もなく、ただ安堵《あんど》だけがあった。

「そう言ってくれると思っていました」

「だが今はまだ、そうじゃないってこともわかるよな。今はまだ、君は凪にも正樹にも必要な人間で、俺もそう思っている——もしも敵が君を通して凪に何かをしようとしているのなら、逆にそれを利用する絶好のチャンスなんだからな。割と責任重大なんだぞ、君は」

健太郎の言葉に、綺は少し身体を硬くしながらも、

「は、はい——そういうことに、なるんですね」

と、健気《けなげ》な表情でうなずいた。健太郎も、よし、と立ち上がって、

「とにかく、もう少し詳しい話を聞かせてもらわないとな——コーヒーでも淹《い》れよう」

と、キッチンの方に歩いていった。

「——」

一人残された綺は、周囲をきょろきょろと見回した。ほんとうに凪の部屋に似ている——だから、どこに何があるのかも、だいたいの見当はついた。

彼女は、音を立てないようにしながら、席から立ってデスクの上に並べられたモニターの方に近寄っていった。そこには少しエロティックな画像が出しっ放しになっている。

「…………」

綺は、おそるおそるキーボードの上に指を置いた。たしかこういう仕組みになっているはず——と思いながら。

やはり、思った通りに画像は一瞬で、データを羅列《られつ》した素っ気ないものに切り替わった。

そこに書かれている文字を、綺は必死で読んだ。凪と健太郎が今、何をしているのか知りたかった——その中に、なんだか変に気に掛かるものがあった。

（この——村津隆、補導歴なし、って……補導歴がない人のことを、どうして調べているの

かしら……？」

3.

かつて冥加暦は、村津隆にこんなことを言っていた。

「小さいことにくよくよするな、とかよく言うわよね——でも、あれって変だと思わない？」

「何が？」

「だって大きなことだったら、くよくよなんかしてられなくて、ただ茫然《ぼうぜん》として、ひたすら途方に暮れるだけじゃない？　くよくよできるのは、小さいことだけだわ。他に、くよくよできることってあるのかしら？」

うっすらと微笑みを浮かべながら、そういう奇妙なことを言う。彼女はそういう少女だった——ふいに、そのときの笑顔を想い出したのは、彼の前にいる異常な男が、

「そんなにくよくよするな、小さいことだ。たかがチンピラのヤクザが何人か死んだだけだ。誰も気にしない」

と、きわめて軽い口調で言ったからだった。

その有賀宗俊と名乗った男は、無造作に自分が殺したヤクザたちの死体を放置して、隆のことを裏通りから強引に連れ出した。

「あ、あんた——今、あいつらに何をしたんだ?」

まるで手品のように、重い金属の、折れた刃物の切っ先だけが勝手に飛び回って、そして次々とヤクザの喉笛《ぶえ》を切り裂いたかのような——そんな風にしか見えなかった。

「ああ。ちょっとしたものだろう? 私はあれを〈ライト・フライズ〉と名付けて、呼んでいる。自慢の能力だよ」

「能力?」

そう訊いても、有賀はニヤニヤするだけで何も答えない。完全に馬鹿にされている——しかし隆には、そのことに文句を言うことなど無論できない。

有賀は、そのまま隆をあちこち連れ回した。

まずはそのだらしない格好を何とかするとか言われて、美容院で髪を切られ、黒く染められ、服も新しいのを着させられた。するといかにも真面目な良家の坊ちゃん、みたいな姿になり、エリートサラリーマンみたいな姿の有賀とは妙に調和のとれた感じになってしまった。

そして一流ホテルのレストランで食事をして、ラウンジでコーヒーをすすっているときに、有賀はやっと、

「ところで——君に訊きたいことがあるんだが。いいかな」

と言ってきた。隆はびくっ、と身体を強張らせてしまった。それまで会話らしい会話などなかったので、相手にどういう言葉を返せばいいのかもわからない。

「え、えと——」

おどおどしている隆に、有賀はにこにこと穏《おだ》やかに微笑みながら、

「よくなかったら、そう言ってくれ——今、ここで始末してしまうから」

と、実に軽い口調で言った。あまりにも簡単に言われたので、隆は一瞬何を言われたのかわからなかった。しかしそれが、

(——俺を殺す、ってことか……?)

そういう意味だとすぐに察した。自発的に協力する気がない者を勧誘している訳ではなく、頭の回転が悪い者にいちいち説明する気もないのだ。

「………」

ごくっ、と喉が勝手に唾《つば》を飲み込んだ。動揺していた。だが下手な反応はできない。彼はできるだけ落ち着いているように見える素振りをしなければ、とコーヒーカップを手にして、それを口にした。一口すすろうとしたが、今度は喉を通らない。結局飲まずに、またテーブルに置いた。そして、

「——ダイアモンズのことを知りたいのかい」

と、できるだけさりげなく言った。声は震えずにすんだ。

「いや、そっちはいい——だが、ダイアモンズと敵対していた者のことは、是非とも知りたいね」

「つまり、ダイアモンズが焦《あせ》って、俺に大きな取引を持ちかけてきたのは——あんたらに、何かされたから、なのか？」

「彼らの本拠はすでに制圧されたそうだよ。そっちはもう、なにも問題はない。だが我々に知られずに、ここのダイアモンズの支部を潰した者のことは謎のままなんだ。当の本人たちに問いただしても、どういう訳かまったく答えようとしない——よほど怖い目に遭ったらしい。あるいは……」

「あるいは？」

「その相手に、やられながらも尊敬の念のようなものを抱いてしまったか、か——」

有賀の言葉に、隆はぎょっとした。

そういう感覚は知っている。

それは、彼が冥加暦に感じていたような感覚ではないのか——だとすると、

（あいつ——あの、クラブで俺を睨んでいた、あの女は——まさか……）

あれは、もう隆のことをマークしていて、それで取引場所までつけられて、それでダイアモンズのアジトまで辿っていって——あの革のつなぎを着た変な女が——もしかすると、あいつが……あの噂の——

「炎の魔女……？」

隆がぽつり、とそう呟くと、有賀は、む、と眉を寄せた。

「何か知っているのか？」

その質問に、隆は即答せずに、相手のことを見つめ返した。

「なんだ？」

有賀が訝《いぶか》しんでそう訊いても、隆はどこかぼんやりとした眼のままで、そして、

「あんたが、俺の〝運命〟なんだろうか――」

と言った。


（…………？）

統和機構の殺し屋で、ふだんは有賀宗俊の名を使っている男は、ドーバーマンというコードネームを持っている。

（……ふうむ）

そのドーバーマンはこの目の前の少年をどう把握すべきか、少し考えた。

利用できるようなら利用しようと思っていたのだが、そして実際に、ひとりで数千万の金を作ったりもできる程度の才覚はあるようだが、なんだか様子がおかしい。

（私を、さほど怖がらない……というよりも、私よりもっと怖いもの、あるいは大きなものを知っているような……そんな眼をしているのはなぜだ？）

そんな彼の疑念をよそに、村津隆はひとりでに喋《しゃべ》りだした。

「あくまでも噂の域を出ないんだが、なんでも炎の魔女って言われている不良少女がいるらしい——そいつは学校にもろくに行かず、夜毎うろつき回って何かをしているが、それがなんなのかは誰も知らないっていう……どうも、俺はそいつに見張られていたらしい」

「なんの話だ？」

「だから、よくは知らないんだ。俺は学校に行っていないし、行っていた頃もあんまりクラスの連中と話なんかしなかったし——そういう奴がどっかの学校にいるって話だけだ、覚えているのは」

「炎の魔女——それはなんだ、綽名なのか。一人なのか？」

「噂の感じだとそうなんだろうが、一人か、それともチーム名なのかははっきりしない」

真顔であり、嘘をついている感じはしない。嘘だとしてもあまりにも漠然《ばくぜん》とした話だ。

「見張っていた奴の顔は見たんだな？」

「暗かったから、はっきりとした顔立ちはわからない。でも気配っていうか、雰囲気がとにかく独特だったから——」

「見ればわかる、か？」

「ああ」

「ふむ——」

ドーバーマンは頭の中で状況を整理した。

当初、彼に与えられていた任務は、ダイアモンズの残党の掃討《そうとう》であった。しかしそれに取りかかろうとしたところで、別の奴にその仕事をかっさらわれたのだった。だからもう、今の行動は微妙に任務ではなくなっている。しかし末端とはいえ、統和機構と対立していたダイアモンズのメンバーをあっさりと倒せるような者は、これは危険な存在である。

（だから、調べて始末しておこうかと思ったんだが——思ったよりもずっと、変なものが出てきたな——魔女だと？）

彼はあらためて、村津隆をしげしげと眺めた。様々な角度から、この少年を値踏《ねぶ》みした。そしてその計算の結果、

「——では、君には私と一緒に行動してもらう必要があるな。君に確認してもらわないといけないようだから」

と言った。それは命令口調ではなく、決定したことをただ告げた、という一方的なものだったが、隆はこれに対して無表情だった。

彼は、全然別のことばかりを考えていた——冥加暦が言っていたことばかりを。

〝あなたも、きっと私と同じ——自分自身は空っぽで、そこに運命が満たされるときをただ待っているだけ——〟

（この有賀という男がそうなんだろうか、こいつが俺の運命なんだろうか——）

今、自分の生命はこの男に握られている。気まぐれでいつ殺されるかわからないし、用件が

すんだ後で始末される可能性も高い。それがわかっていながら、隆は自分がどんどん冷静になっていく奇妙な感覚を覚えていた。自分が氷になってしまったような気がしていた。

——しかし、自分がそういう気分になっていったのが、炎の魔女という存在のことを頭に思い描いてから——ということまでは隆は気づいていなかった。

4.

夕暮れ時になり——隆とドーバーマンは人気のない臨海公園にやって来た。

ダイアモンズの残党が捕まる寸前に、何やらここで船の入港手続きをしていたらしいという情報があったからである。

見おろす風景の下には、寂《さび》れた感じの港がある。作業している者の姿も、明かりのついた船もない。閑散とした空気ばかりが漂《ただよ》っている。

「時代に見捨てられた場所、というところだな」

ドーバーマンはぼそりと呟いた。

「……しかし、漠然としていてよくわからない話だな。船なんか呼んで、何をするつもりだったんだ。村津君、君は例の薬品の在庫を全部引き受けさせられたんだろう？」

「ああ。一千万もした。でも本来なら、それじゃ少なすぎる。たぶん俺が買わされたのは処分したかった分だけだ。ということは連中、別の何かに使ったことになる。それがこの港にどう関係していたのかどうか、それはわからないけど」

「少なくとも密輸ではない、ということか……船そのものに意味があるのか？」

どの船が、問題の船なのか——とドーバーマンが港をあらためて観察していると、ふいに隆が、

「——あ」

と声を上げた。

「なんだ？　どうかしたか」

ドーバーマンがそう訊いても、隆は即答せずに、ただ港の方の、そこに通じる道路の方ばかりを見ている。

その路肩《ろかた》には一台のバイクと、それを停めているライダーの姿があった。

「あれだ」

唐突な隆の言葉に、ドーバーマンは眉を寄せた。

「なんのことだ？　何を言っている？」

隆はドーバーマンの方に眼を向けて、そして断言した。

「あれが炎の魔女だ、きっと」

「なに？　どうしてわかる？　ここからだと顔も見えないぞ」

「雰囲気で──って言ったろう。あれに間違いない」

「しかし──ほんとうに一人しかいないじゃないか──」

ドーバーマンは信じられない、という表情で、その革のつなぎを着込んだライダーのことを見た。だがその身体が次の瞬間、びくん、と鋭敏に反応した。

隆の身体を掴んで、引きずり倒しながら身を伏せる。

次の瞬間、港の方にいる女は、彼らの方に視線を向けてきた。だがそこに何もいないことを確認して、すぐに視線を戻して港に入っていく。

「お、おい──」

隆がいきなり倒されて文句を言いかけたが、ドーバーマンの顔色が変わっているので、その口をつぐんだ。

殺し屋は本気の目つきをしていた。

(なんだ──あいつ今、こっちの視線に気づいたのか？　これだけ距離があったのに、気配を感じたのか──何者だ？)

＊

「…………」

霧間凪は、港に入る道路から上に見える公園の方を見上げていた。

なにか視線のようなものを感じたのだが、しかしそこには何もない。身を乗り出さなければ下が見下ろせない場所なので、下方への狙撃《そげき》ポイントとしても適さない。目立ってしまうだけだ。

（……気のせいか？　あるいは必要以上に、オレの神経が尖りすぎているのか——）

いずれにせよ、何も確認できなかったので気持ちをすぐに切り替える。

人気のない港に、足を踏み入れていく。問題の船がある場所まで、ためらうことなく進んでいく。そこには何が待っているのか、危険な罠《わな》が仕掛けられていて、あるいはそこで生命を落とすことになるのかも知れないが、それを知りつつも凪の足取りはまったく乱れない。

凪の、この冷静さ——知らない者も、親しい者も、みな彼女のこの落ち着きに感嘆し、敵は恐怖する——だが本人は、自分のどこが冷静なのだろう、といつも思っている。目の前にイラつくことがあるので、それをひとつひとつ片づけているだけだ。それだけで、全然ピントが合っていない、と思っている。しかしもしも自分が他人と違っているのならば、正《まさ》にそれは、ピントが合っていなくても平気でいるから、その一点につきる、と――そう思っている。しかしその生き方を凪は自分で見つけた訳ではない。

ぴんときて、それで生きているヤツなんかいるかね。

かつて、彼女にそう言ったひとがいた。そのひとはどこかに消えてしまって、二度と会うことはなかった。

どこかで悟っている――もうそのひとはこの世にいないのだと。あるいは彼女の今の、こういった正義の味方めいた行動は、会えるはずのないものに会おうとする、その代償《だいしょう》行為なのかも知れない――。

「…………」

その出会いはまだ彼女が十三歳だった頃で、その頃の彼女は原因不明の病に倒れて、ずっと入院していた。明日をも知れない身だったのは、今も昔も同じだ。

「――これか?」

凪は足を停めた。そこには一隻《せき》の古ぼけた中型の貨物船が停泊していた。

ライトも何もつけられていない。エンジンも止まっていて物音はなく、周辺は静まり返っている。さながら幽霊船《ゆうれいせん》のような感じだった。

タラップが下りている。いかにも怪しげである。

「…………」

凪は周囲を見回した。夕暮れが空を赤く染めている。長い影が地面の上に落ちている。まもなく陽が沈む。

(港の、管理上の手続きでは、この船は三ヶ月もここに停泊していたことになっていたが……実際に入港したのはいつなんだ？)

あのダイアモンズの男たちが白状したのは、今晩の夜中に船が入るはず、というものだった。話がまったく違っている。あの時の状況では、細かい嘘《うそ》など挟んでいる余裕はなかったはず

——ということは、

(彼らも騙《だま》されていた……？　誰に？　ジイドというヤツに、か……？)

人間戦闘兵器を自称している男の名を、凪ははじめて明確に意識した。これから何度も意識することになる、その宿敵の名前を。

(うかつに船に入るのは危険、か……誰かがここにやってくるのを待ち伏せした方がよさそうだな)

凪がそう判断した、そのときだった。

船の甲板から、ちらっ、と小さい影が下を覗き込もうとして顔を出して、そしてすぐに引っ込めた。それが凪のいる港からも見えた。

「な……？」

凪は驚いた。なんでそんなものが見えたのか、信じられなかった。だが今のは、明らかに、

「犬……？」

そうとしか見えなかった。それもペットとして飼われている愛玩犬《あいがんけん》だった。

（たしか——ウルフスピッツ、とかいう犬種の——）

灰色のふさふさとした毛並みがはっきりと見えた。どう見ても野良犬ではなかった。

（誰か、他にも中にいるのか？　それとも——迷い込んだのか？）

凪は周囲をまた見回したが、しかしやはりなんの気配もない。彼女は、ちっ、と舌打ちして、

「ええい……この！」

と毒づきながら、タラップを一気に駆け上って貨物船に入った。

犬はいた。彼女の方を見て、びくっ、と身をすくめたような動作をして、そして船内の方に逃げ出した。

「こら、待て！　危ないんだよ、おい！」

凪は焦りながら、犬を追いかけた。

船内はひたすらに暗い。しかし静まり返っているので、犬の爪がたてる足音がやけに響き、後を追うのは容易《たやす》かった。

奥の方に向かう。通路の途中で犬が滑《すべ》って転んだので、それほど船内に入り込む前に、凪は

えた。

「こら、暴れるな。ああ、もう――元気だなあ」

ばたばたと脚を動かす犬に手こずりながらも、凪はその犬を持ち上げて、その胸に抱きかか
なんとか捕まえることができた。

「――でも、まあ、助かったところもあったよ。あんたが走っていっても、なんにも反応がな
かったからね――トラップはこの船自体には仕掛けられていないみたいだ」

凪がそう耳元に囁きかけると、犬は暴れるのをやめた。敵意のなさを感じたようだった。

「しかし長居は無用だ、すぐに出た方がいい――」

と、暗い船内をきょろきょろと見回していた凪は、ふいに、

――ぞくっ、

という背筋を走る寒気を感じて、全身を硬直させた。ばっ、と視線を船の底の方に向ける
――眼が勝手にそっちを向いたが、むろんそこには床しかない。

何も見えない。何も見えないのに――凪には〝そこ〟になにものかが潜んでいるのを感じた。

(……なんだ、これは――?)

床の向こう側を見ようとしていた眼が、自分の足の爪先に移って、やっと瞳の焦点が合う。

あと一歩——それぐらいの間合いだと感じていた。

ほんのわずかでも、そっちの方に進んだだけで、なにかに触れる——そう確信できた。それはたとえるなら、足の指先がすこし触れただけで、風呂のお湯が冷たい水だったとわかるときのように、かすかな感触が決定的な戦慄《せんりつ》として心に突き刺さった。

「…………」

凪は、彼女には滅多にないことを、このときにしていた。迷っていた。どんなに危険を感じても、怯まずに進んで、この戦慄の正体を探るべきか——。

そのとき胸元で犬が不安そうに、くーん、と鼻を鳴らした。はっ、と凪は我に返った。

(今、オレは何を考えていた……？)

凪はじっとりと、皮膚に貼りつくような冷汗を感じた。この犬と一緒なのに、それにおかまいなしで闇のまっただ中に飛び込もうとしていたのか……？

「……ちっ！」

また舌打ちして、凪は犬を抱えたままきびすを返し、外に向かって走り出していった。

甲板に出て、タラップを駆け下りて港に戻ろうとする——その瞬間、凪はかすかに、風に乗ってそのにおいを嗅《か》いだ。

焦げ臭いような、かすかな刺激臭——そのサインを凪の反射神経は見逃さなかった。

「——っ?!」

彼女はとっさに身体を丸めて、タラップを転がるようにしてわざと滑《すべ》り落ちた。

そのすぐ頭上を、ひゅん、と何かがかすめた。

それは一本の釘だった。

どこにでも落ちていそうな、ただの釘が弾丸のようなスピードで、凪の眉間めがけて飛んできたのだった。

ずどっ、と釘はタラップの薄い金属板を貫いて、そのまま船体にめり込んだ。身体に命中していたら、確実に頭蓋骨《ずがいこつ》を貫通して脳を破壊していただろう。

命中していれば——だが、それは外れた。

炎の魔女に向かって放たれたドーバーマンの〈ライト・フライズ〉の最初の攻撃は、こうしてかわされてしまい、否応なしに状況は次の段階に移行することになる。

戦闘——互いの潰し合いに。

chapter three
<the collision>

『勝敗を分ける選択は、実際にその必要が生じたときにしていては間に合わない。負ける者は、自分がいつから負けていたのか知らないものだ』

――霧間誠一〈無敗と必勝のあいだ〉

1.

（よけた……？）

殺し屋は自分の眼が一瞬、信じられなかった。必殺の一撃と確信して放った攻撃が外れたことなど、これまで一度もなかったのだ。だが今のは――。

「やったのか？」

横にいた村津隆が、どこかぼんやりとした声で訊いてきた。それでドーバーマンは、なんとか自失から回復した。

「いや――今のは単なる様子見だ。転ばせてみただけだ」

無表情で、平気で嘘をつく。

「何かを抱えているみたいだったからな。それを確認する必要がある」

どうして嘘をつくのか――この小狡《こずる》い少年に足下を見られたくないからか。それとも少しでも、これから殺そうとする相手を恐れないために、か――それはドーバーマン本人にもわからなかった。

「へえ――持ってた？　よく見えるね」

すでに暗くなりかけている空の下、二人はもう港の中に入っている。

積まれたコンテナの物陰に半分隠れつつ、凪と、彼女が入って出てきた船の方をうかがっていたのだが、距離を取っていた分だけ攻撃もやや乱雑になったのは、それは確かだった。

「しかし、なるほど——強敵なのは確かなようだ。転ばせはしたが、すぐに立つぞ」

遠くに見える凪は転がって、その動きを停めることなく、すぐに走り出していってしまう。

攻撃された方角から、どんどん遠ざかっていく。状況をその場で確認しようとしない。危険地域から離れてから、事態を把握する気のようだった。こっちを探すよりも、まず逃げることを優先しているのか……いや、そうではない。

（追いかけてくるのを、狙っているのか——）

ドーバーマンだったらそうするであろうことを、凪は的確に実行していた。少なくとも、同じぐらいの戦闘センスの持ち主と思われた。

「手慣れている——実戦経験が相当あるぞ、あれは」

「じゃあ、噂は全部ほんとう、ってことか——へぇえ」

隆はやはり、どこかのんびりとした調子である。

ドーバーマンは懐《ふところ》に手を入れて、黒い携帯電話を出して、隆に「ほれ」と投げてよこした。

「なんだい？」

「それは特殊な通信機にもなっている——何か通信が入ったら、君が受けてくれ」

「あんたは？」

「私は——これから少し、忙しい」

そう言って、ドーバーマンは物陰から飛び出して行った。

凪の方へと向かっていく——通信を受ける余裕もないくらいに本気の体勢で。

彼が走っていくと、その周囲で異変が生じていく。

周囲のコンテナから、びきびき、という奇妙な音がして、そこから小さな金属の破片が飛び散る——その細かく鋭いものは、走るドーバーマンと一緒に、宙を飛んで後をついていく。

地面に転がっている空き缶も、ふわり、と宙に浮いて、そのままドーバーマンに追随していく。

〈ライト・フライズ〉が完全な戦闘態勢を取って、敵に襲いかかろうとしているのだった。

「————！」

凪は、背後から接近してくるただならぬ気配を感じた。

後ろをちら、と見ても、そこには追跡者の姿は見えない。だが——いる。確実に追ってきている。殺気が周囲に満ちている。

そして——かすかに焦げ臭いようなにおい。

（なんなんだ、これは……？）

犬を抱えている分、凪の方が圧倒的に遅い。すぐに追いつかれるだろう。

（いや——すぐに、じゃなくて……今か！）

凪は、犬を抱えていた両手を片手にして、腰に差していた棒状の武器をとっさに、後ろにかざした。それは伸び縮みする、電撃を発するスタンロッドだった。

がきん、とその棒に何かが当たった……次の瞬間、すさまじいスパークが周囲に飛び散った。

「……な?!」

凪は吹っ飛ばされて、背中から倒れ込んだ。

そのとき——それが見えた。

無数の羽虫のような金属片が、宙を舞ってこっちに飛んできているのを。今、かろうじて受けられたのはその最初の一発に過ぎなかったのだ。

「——えぇい！」

凪はスタンロッドを無茶苦茶に振り回して、その金属片を次々と叩き落とした。その度に、激しい火花がばちばちと鳴り響いた。

（ロッドの電撃と、反発しているのか——ということは、この金属片は……）

凪は、やばい、と感じた。このままここにいるのは決定的にやばい——これまで飛んできたのは、ごく小さな軽い物ばかりだ。

（弾き返せるのは——そろそろ無理だ！）

後ずさりながら立ち上がり、そのまま逃走に移った。だが今ので、かなり追跡者に詰め寄られてしまったことを悟る。

(隠れる——それしかない！)

凪は走っている途中で横っ跳びに動いて、港に積まれているコンテナの間に飛び込んだ。並べられているそれらの、迷路状になっている隙間のひとつに滑り込むようにして入り込んで、そこで息を潜めた。

そして耳を澄ませる——だが、

(追ってきていた足音が、消えた——向こうも隠れやがった……！)

接近してきた相手のふところに飛び込んで、迎え撃つのが難しくなった。相手が戦闘の手練《てだ》れであることを、凪はここで確信した。

しかし……。

「…………」

凪はスタンロッドを見つめた。その表面が黒焦げになっていた。

この敵は、確かに恐ろしい——しかし、彼女が過去に戦ってきた〝フィア・グール〟や〝フェイルセイフ〟といった異様な連中に共通する、この世にあり得ないような超絶的な不可思議は感じなかった。超能力に類するものは持っているようだが、それはあくまでも、凪にも理解できる範囲の現象のような気がした。

(ということは——統和機構の、合成人間とかいうヤツか、この敵は？)

そう推理できた。

電磁波——それを使っている。どういう風にかはまだはっきりしないが、とにかくそういったなにかを肉体から発して、金属をどうにかしているのだろう。

……だが、この程度の理解では、対策の方はまったく思いつけなかった。

どうする——と凪が焦《あせ》りだしたとき、それが聞こえてきた。

「……少女よ、心優しき少女よ——儂《わし》を捨てて行け」

その囁きはひどく近くから聞こえたので、凪はぎくりとした。そして視線を下に——自分の胸元に向ける。

灰色の犬が、彼女のことをまっすぐに、そのくりくりとした瞳で見つめてきていた。

「な——今、あんたが……？」

凪が、ごく小さな声でそう訊くと、犬はうなずくような動作をして、そしてまた口を開いた。

「少女よ、さっきおまえさんは、トラップがあるかも知れないと思いながらも、儂のことを追ってきた——ふつうではできないことだ。だが、その必要はない——」

間違いなく、これは犬が喋《しゃべ》っているのだった。声だけだと、なんだかお爺《じい》さんのような声をしている。

「あんた——なんだ？」

凪は、それがただの犬ではないことを知りながらも、すぐに離したりはせずに、そのままじっとしている。

「儂のことは、ヤツはまだ知らないだろう。大して関心も持たれないはず。あんたが持っているのは無駄な苦労だ。手放した方がいい——」

犬がそう言っている途中で、凪は口を挟んだ。

「つまり、あんたにとっても追ってきているのは危険なヤツってこと？」

凪は、じろじろと犬のことを見つめた。

「……ならば、あんたはダイアモンズの関係者ってことになるな」

「頭の回転が速いな……そうだ。儂はモンズと呼ばれている。かつては組織の統率をしていたこともあった。だが今では、ただの飼い犬だ。組織は崩壊した」

「モンズ、あんたは何をしにあの船に来ていたんだ？」

「儂の未練だ……あそこには、かつて儂がまだ人間だった頃の、友の遺骸《いがい》がある。それを一目見ようとして——それで、あんたに見つかった」

「遺骸？」

凪は、それが自分の感じたあの恐怖の根元かと思ったが、すぐに違和感を覚えた。

（いや——あれはそんな、亡霊とかに対するものではない。もっとなまなましい——生気あるものだった……）

犬は少し、凪の胸の中でもがいた。

「いいから離せ――儂にはもう、捕まえておく価値もないぞ」

これに凪は、きっぱりと、

「駄目だね――今出ていくことは、単なる囮役になるってことだからな」

と拒絶した。

「な――わからんヤツだな。儂のことはヤツは知らないだろうと言っているんだぞ」

「知ってようが知るまいが、ヤツは撃ってくる――そういうヤツだ。オレをいきなり撃ったようにな。それはあんたもわかっているだろ、モンズ」

その断言に、犬は、むむっ、と身を縮めた。

「おまえ――」

「いいからじっとしてろ――戦いは、これからなんだから」

凪は、もう犬のことを見ていなかった。周囲に注意を向けて、何が起ころうとすぐに反応する体勢に入っていた。

その迷いのない眼差しに、犬はなぜか不安そうな目つきをし始めていた。

（こ、この娘――てっきりこの地域のダイアモンズと敵対していた組織の者だとばかり思っていたが……この力強い意志は、まさか……？）

2.

心配し続けている織機綺をひとまず自宅に帰してから、羽原健太郎は凪と連絡を取ろうとしたが、通話できなかった。

(——なんか、嫌な感じだな)

凪からは来るなと言われていたが、こういうときに健太郎は言いつけを破ってもよしとする条件をふたつまで用意している。ひとつは凪が予測していないであろう事態が生じていることを察知したときで、もうひとつが、綺とか正樹、それに凪の親友である末真《すえま》和子《かずこ》などの身近な人物の身に危険が迫っていると思われるときである。凪は、自分の危機には彼の助けを嫌がるが、他人のことになるとあらゆるこだわりを捨てても平気なのだ。

(今回は微妙だが、まあ、どっちの条件も満たしている——言い訳は立つな)

凪が向かった港の場所は当然知っている。健太郎は凪と共有しているミニバンを駆って、急行した。彼は今でこそ正式な免許を持っているが、まだ年齢的に免許が取れなかった数年前までは偽造《ぎぞう》した身分証で街を走り回っていたものだったから、運転は慣れたものだ。

海沿いの道に出たときには、もう空はすっかり暗くなっていた。

「——ん?」

その暗くなっている風景の中で、ばちばちっ、とスパークのようなものが光るのが見えた。

それは問題の港の付近だった。

「ちっ――」

健太郎は舌打ちしつつ、アクセルを踏み込んだ。

……そして、そこからさほど遠くない、港を見おろす別の場所でも、

「ちっ……」

と舌打ちする小さな人影があった。

それはどう見ても、かわいらしく幼い少女としか思えない外見をしていたが、しかしその幼女の顔に浮かんでいる表情は――まるで鬼のような形相《ぎょうそう》だった。

ふつうの人間であれば、暗すぎてその光景は見えないだろうが、しかし彼女の両眼には港から船が音もなく、といって流されるでもなく、まるで滑るように移動していく様がはっきりと捉えられていた。

そして――そこから少し離れた場所できらめいているスパークのことも、当然視認していた。

彼女の名はパール。

かつては統和機構に所属していた、特殊工作用の合成人間である。裏切って、逃亡して、ダイアモンズの幹部におさまっていたが、組織の壊滅とともに今では流浪《るろう》の身だ。しかしその眼

差しには活力がみなぎっていて、疲れた様子は微塵《みじん》もない。見た目は幼女だが、しかし彼女は自在に、どんな人間の姿にも化けられる能力を持っているので、年齢も外見通りではない。

(ジィドはうまくやったようだけど——くそ、あの馬鹿犬め——どこをほっつき歩いているんだ?)

パールは心の中で、さっきからずっと毒づき続けていた。

(あの閃光《せんこう》はなんだ? 銃弾《じゅうだん》の火花ではなさそうだが——戦闘しているような気配だ……くそ、しかも合成人間くさい感じもする。電磁を操る連中の能力が発するスパークにも見える……しかしだとすると、相手は誰だ?) 戦闘用合成人間と互角に渡り合えるヤツが今、あの港にはいるというのだろうか?

＊

(動きが、止まったな——)

ドーバーマンと凪の死闘を、遠くから双眼鏡で見ていた隆は、ふたりの姿をコンテナ置き場の辺りで完全に見失った。そもそも彼には両者の攻防についていけるだけの眼はないので、ただ飛び散ったスパークを確認しただけだった。それが消えて、そしてそのまま静寂が続いている。

「あそこにいるのかな、それとももう、別の場所に移動しているのか――」

ぶつぶつと小声で呟きながら、隆は双眼鏡を動かして港のあちこちを見回す。そして、

「――ん？」

と、一箇所でその視線が停まった。そこはさっき、凪が下りてきた船の方だった。

その船の前に、三つの人影がやってきていた。凪たちとは、ほんのわずかの差で行き違いになったことになる。

（誰だ、あいつら――もしかして、あいつらが船をここに呼んだっていう、その張本人か？）

それはジィド、ピート・ビート、そしてラウンダバウトという名前の、奇妙な因縁《いんねん》で結ばれた三人組だったのだが、そんなことは隆には知る由もないことであった。

彼らは周囲を警戒しているような素振りを見せていたが、しかし離れた場所で今、まさに戦っているはずのドーバーマンと凪の存在にはまったく気づいていないようだった。そのまま船の中に三人とも入ってしまう。

「あーあー、いいのかな。放っておいて……。でも、どうしようもねえもんな」

隆は投げやりな独り言を呟いて、皮肉っぽい笑みを口の端に浮かべた。

（あの有賀宗俊にも、どうやら計算しきれないことがあるようだな――俺もまだ、焼きが回りきった訳でもなさそうだ）

そんなことを思っていると、彼の前で信じられないことが起こった。

その港に停泊していたはずの船が——エンジンも何も動いていないのに、すーっ、と動き出したのだ。船が動いている、というよりも、それは水に浮いた木の葉が微風に吹かれて流されていくかのような、そんな動きだった——滑るように、あたかも波の揺れなどそこには存在していないかのように。

「な、なな……」

隆が茫然としていると、ズボンのポケットに突っ込んでいた通信機が、ふいに着信を告げた。

「………！」

隆は一瞬焦ったが、しかし言われたようにその通話に出た。

「えと、もしもし？」

てっきり、おまえは誰だ、みたいなことを言われるのかと思ったら、向こうから聞こえてきたのはまったく動揺のない、静かな女の声だった。

〝ドーバーマンはまだ生きているのか？〟

なんの前置きもなく、いきなりそう訊かれた。

その名前が、彼をさんざん脅《おど》していたあの男のことだと、すぐにわかった。

「え、えと……そっちは？」

駄目元でそう訊いてみる。とにかく隆には情報がない。少しでも自分が置かれている立場を把握したかった。

すると意外にも、相手はあっさりと名乗った。

〝私はリセットだ〟

それが綽名なのか、役職名なのか、隆に判別はつかなかった。しかしそのさりげない名乗り方に隆は、ぴんとくるものがあった。

(こいつは――〝大物〟だ)

少なくともドーバーマンよりも上の地位にある人間だろう。それさえわかれば充分だった。

「失礼いたしました。ドーバーマンは、状況を分析しない内に先行してしまいまして――敵を未だ確認できていないのに」

しれっとした調子で、まるで自分が指揮官のような口を利いた。

「それよりも、船が移動を開始しています。しかしそれに対応する用意がこちらにはなくて――」

〝ああ、それはいい。船を動かしているのはフォルテッシモだ。この件は彼に一任されていて、私は関与しない――ドーバーマンも、だ。君は村津隆だろう？〟

「そうです」

名前を知られていることには、別に驚かなかった。当然なのだ。ドーバーマンが自分のことを監視したり調べ上げたりしていたように、ドーバーマン自身も統和機構に監視されているのだろうから。

〝では、君にドーバーマンへの連絡を頼みたいが、もしもそれが無理なら、あー、そうね——彼を見捨ててもいいわよ。とにかく、三十分後には、これから指定する場所に来て。あなた一人でも、あいつと二人でもいいからさ〟

リセットという女は、びっくりするぐらいにあっさりとそう言った。隆はやや怯みながらも、

「ドーバーマンが、今戦っている相手に負けると?」

おずおずとそう訊いたが、これに相手は、

〝さあね、それはわからないけどね——でも、彼ってどうも焦ってるみたいじゃない?〟

と、リセットの口調がだんだん砕《くだ》けてきた。面倒くさそうな響きさえ、その声の端には漂っていた。地《じ》が出てきたらしい。

〝こっちに確認取っておけば、余計なことをしなくてもすんだのにね——それで死ぬなら、まあ自業自得《じごうじとく》よ。何と戦っているのかは知らないけど、フォルテッシモの能力に巻き込まれたら、何したって無駄。あなたもくれぐれも船に近寄ったりしないようにね〟

よくわからないが、とんでもないことが裏では進行しているらしい。

「わかりました。極力、ドーバーマンと接触を試みます」

〝頼んだわよ。それじゃあ十分後に、この回線にもう一度連絡するわ。合流場所はそのときに教えるから。ああ、そうそう——これは言っておかなきゃいけないわね〟

リセットは少しもったいをつけてから、妙に通る声で彼に告げた。

〝統和機構にようこそ、村津隆くん――今から君は、知らなくてもいいことを無理矢理に知らされる立場になった。その苦しさを共にわかちあいましょう〟

そして、それに隆が返答する前に彼女は一方的に通話を切ってしまった。

「…………」

隆は、その見た目だけなら携帯電話と区別のつかない機器を、やや強張った目で見つめた。

自分がどこに足を踏み入れようとしているのか――あるいはそれは、死んだ方がましなことに続いている道なのかも知れなかったが、隆はなぜか、そのことにあまり恐怖を感じなかった。

「どうしてだろうな、れき――」

彼はひとり、虚空に向かってそう呟いて、それから港の方に向かった。

炎の魔女とドーバーマンが戦っている場所へと。

3.

……音もなく船が、海の上を滑ってどこかに行ってしまう。

その様子は、港に置かれているコンテナの陰に隠れている凪と、喋る奇妙な犬モンズのところからも見えた。

「…………」

凪は、その船の不審きわまる動きを前にしても、どういうわけかあまり驚いているようには見えなかった。

「お、おい——」

凪に抱きかかえられているモンズが、不安そうにかすかな声を上げた。

すると凪は、ふーっ、と息を吐いて、

「まあ、しょうがない——あきらめるしかねーな」

と、どこか投げやりに言った。

「な、なんだって？」

モンズが焦ると、凪は犬に視線を落として、

「あんた、船が動いているのを見ても、驚かなかったね——つまりあんたは船がどうにかなった、その理由を知っているということだ」

と、静かな口調で言った。モンズが、ぐっ、と言葉に詰まると、凪はその頭を撫でながら、

「あんたが何者なのか、そいつを是非とも教えてもらいたかったんだけど——その余裕はなさそうだ。今をおいて、あの敵を倒すチャンスはねーからな。あんたの追及はあきらめるよ」

と微笑みながら言うと、ひょい、とモンズを地面の上におろした。

「な、な……？」

モンズはおどおどしながら、凪のことを見上げた。

凪はもう、あまりモンズの方には関心がないような態度で、すっ、と立ち上がった。

「ど、どういうことだ？」

「ひとつだけ忠告しとくと、すぐには逃げない方がいい。少し待てば、より安全だろう」

「おまえ——なぜだ？」

「あ？」

「どうして儂を拷問《ごうもん》しない？　情報は欲しいはずだろう——おまえの味方ではありえないのに」

このもっともな問いかけに、凪は実に簡単に答えた。

「趣味じゃない」

そして彼女は、ドーバーマンから逃げてきた方角とは、やや違う方へ向かって走り出していった。身を隠そうとは、一切していない。

それは——ついさっきまで執拗《しつよう》に狙ってきていた敵が、今だけは自分のことを見ていないと確信している、そういう足取りだった。

そして——それは正しかった。

ドーバーマンは海の向こうへ去っていく船に目が釘付けになっていた。

（な——）

彼はもともと、その船そのものには大して関心を持っていなかった。ダイアモンズの所有物であるなら、それはもう倒してしまった相手のものにすぎない。もしもそれがなんらかの切り札であれば、やられる前に使っていたはずだからだ。

ダイアモンズの方は怖くない——彼が恐れているのは、それと敵対している方——すなわち味方であり、彼の上に立っている統和機構のトップに位置している連中の方だった。

そう——今回のダイアモンズ討伐《とうばつ》作戦については、あまりにも急速ではないかという疑念から、ある噂が流れていたのだった。

統和機構の〝上〟が交代しようとしているらしい——それで組織の全面的な再編成が行われつつあるのだ、と。

この異常な船の動き、これを可能とする能力が如何なるものなのか、ドーバーマンにはまったく見当がつかなかった。彼とて凄腕《すごうで》を自負している戦闘と特殊作戦の専門家である。それなのに、まるでわからない——これはとてつもないヤツが出張《でば》ってきているか、あるいは……

(だ、ダイアモンズの本部を潰した者が、そのまま——ここまでなんらかの〝追跡〟をしてきたというのか？)

そして話によると、ダイアモンズをほとんど一瞬で壊滅させたのは、統和機構の中でも特別の存在とされている〝最強〟フォルテッシモだという……。

「……くっ」

まずい、非常にまずい——自分はもしかして今、いてはならない場所にいるのかも知れない。これが知られたら、口封じのために殺されかねないような、そういう危険な領域に足を踏み込んでしまっているのでは——と、彼が動揺している、そのときだった。

〝そう——ビビっている。そいつは間違いない……〟

どこからともなく聞こえてきた声に、ドーバーマンは、はっ、と我に返って海の方にばかり向けていた視線を港の方に戻した。

〝陸の方から船に向かって撃ってきたということは、船そのものにはまだ着いていなかったということ——その船が勝手にどこかに行ってしまったら、これは焦る……どうしてもそっちに注意を向ける——〟

それは女の声だった。凪の声だった。あたりに微妙に反響していて、どこから聞こえてくるのかわからない。

「——！」

ドーバーマンはあわてて周囲を見回した。ほんの少しの間、目を離しただけなのに——あの女はそのわずかな隙に、もうこちらの裏に回ってしまったというのか？

最初の一撃をかわした動きといい、彼はここで霧間凪のことを完全に理解したと思った。

どこに所属していようがいまいが、何者であろうが、はっきりしていることはひとつ……こいつは恐るべき敵であり、今すぐに、この場で仕留めなければやられる……！

（統和機構のことは後回しだ。今はこいつを倒すことだけを考える……集中して、まともに戦うことができれば、俺の〝ライト・フライズ〟は無敵だ！）

彼が決断したそのときにも、凪の声はどこからともなく聞こえてくる。

〝その能力——簡単に見せるべきじゃあ、なかったな。一撃で殺せるところまでは使うのを我慢すべきだった。もうそいつは、オレには通用しないぜ〟

そう言い放ってきた。ドーバーマンの顔に怒りが浮かぶ。

「ほう——ずいぶんと自信たっぷりのようだな？　その割にはこそこそと隠れていることしかできないようだが？」

わかっている——挑発して、彼から冷静さを失わせるのが目的なのだ。その手に乗ってはならない。

だがそれにしても、次の凪の言葉はあまりにも侮辱的《ぶじょくてき》なものだった。

〝おまえに合わせてんだよ——隠れて、陰でこそこそすんのがお似合いなのは、そっちの方だろ？〟

「…………」

奥歯がぎりりと音を立てて軋《きし》んだ。だがその苛立ちを嚙《か》み殺し、声が聞こえてくる方向を冷静に分析する——反響からして、こちらからも見える三つの物陰のどれかだろうと、あたりをつけた。そこ以外だと、向こうも即座にこっちを攻撃できる態勢になれないので、逆にもたついているうちにやられるから、避けるはずだった。

（賭《か》けだが——待っている内に逃げるつもりかも知れない。ここはこちらから、突っ込むべきだな……！）

彼がそう考えるのと同時に、地面に落ちていた鉄の破片が一斉に、ふわっ、と宙に浮いた。

〈ライト・フライズ〉——それはドーバーマンの体内でつくられた電磁波を利用して、磁場を形成するというものだ。対電子兵器としては最適の能力だが、生身の肉体を破壊するものとしては、磁力はいまひとつ即応的な威力に欠けるので、電磁誘導によって金属類を飛ばす必要があるが——それぞれが引き合い、反発し合うように調整された金属の破片はマシンガンの弾丸並みの破壊力を生み出すことも可能なのだ。

（順番に——隠れていそうなところを破壊してやる！）

彼の意志で、港のあちこちに落ちていた鉄骨などの金属片は、さながら散弾銃か対人地雷の爆発のように、狙った場所に飛び込んでいって、周辺を見境なく破壊した。

最初の場所ではコンクリートの破片が飛び散っただけだ。外れた。それを確認するやいなや、即座にその鉄片は舞い戻ってきて、次のターゲットに向かった——そのときだった。

三番目に攻撃しようとしていたところから、黒い影が飛び出してきた。

それはぎりぎりで視界の隅に引っかかっただけで、危うく見逃すところであったが——しかし見えた。

（死角をついたか――だが、俺の集中力の方が上だったということだ！）

彼の意志と共に、金属片の尖った切っ先が一斉にその黒い革のつなぎを着た人物に襲いかかった。手足が吹っ飛び、そのシルエットがバラバラになる――だが、その瞬間にドーバーマンは悟った。

己の失敗を。

（な――あれは――）

その切り裂かれて飛び散ったものは、人の形をしていて、黒くて、革で――そして、それだけだった。

革のつなぎ、それだけだった。

では、その中身は――と彼が振り向こうとしたとき、もうそのすぐ側までそいつは来ていた。

彼が狙いを定めていた三箇所の、そのどれでもない場所――上から降ってくるように、目の前に飛び込んできていた。

港に置かれていたクレーンの、そのぶらさがったチェーンにつかまって、まるでターザンのように飛来した霧間凪は、しっかりと半裸だった。

だがそれをドーバーマンは見極められなかった。その姿を目にするよりも先に、脇腹に蹴りを打ち込まれた彼の身体は、肋骨《ろっこつ》を粉砕《ふんさい》されつつ、海に向かって吹っ飛ばされていた。

チェーンにつかまった凪が、くるっ、と空中で回るのと、ドーバーマンの痩《や》せてスマートな

身体が海中に没したのは、ほとんど同時だった。

凪はバランスをとって、チェーンから地面に飛び降りた。

「——だから言ったろ。おまえに合わせた、ってな。隠れていると勝手に思いこんだのはそっちだ」

凪は敵が沈んだ海の方を油断なく見つめながら、そう呟いた。

そう、彼女の姿は、実はずっと丸見えだったのだ。ドーバーマンが周囲ではなく、上に目を少しでも向けていれば、そこには無防備な凪が丸出しになってぶら下がっているのが見えたはずだった。四方から聞こえていた声は、単にマイクと数個の携帯電話を使ったものだし、囮になった革のつなぎを飛ばしたのは、敵の攻撃による爆風そのものだった。きわめてシンプルな子供だましのような手——だが隙をつくるまいとしたドーバーマンは、決して余計な方向に視線を向けなかった。油断せずに身構える戦士としての習性故《ゆえ》に、彼は負けたのだった。

この戦いのことを説明するのならば、それは一言で片づいてしまうだろう。

両者に、差がありすぎた——と。

「——」

下着姿の凪は、腰に一本だけ巻いていたベルトに差してあった電磁ロッドを引き抜いて、構えた。磁場——電磁気の流れを利用して攻撃する敵は、その電流が海水に分散されてしまう海中では無力化される。這《は》い上がって襲って来たら、その瞬間を叩ける——しかし、

「…………」

凪がいくら待っていても、ドーバーマンの身体は浮かんでこなかった。

「……ちっ」

凪は舌打ちすると、ロッドを下におろした。逃げられたようだ。そして深追いできる状況でもない。今はまず、あの海の彼方《かなた》に消えた船の方が優先事項だった。

するとそのとき、港の向こうから一台のミニバンが走ってきた。その車に凪は見覚えがあった。

「——おおい、凪！」

車の窓を開けて大声で呼びかけてきたのは、羽原健太郎だった。

彼の姿を見て、凪は少し顔をしかめたが、手を振ってみせて大丈夫だと知らせてやった。

「ど、どうしたんだ——その格好は？」

車から降りてきながら、健太郎は凪のあられもない姿に目を白黒させている。

「あんたを悩殺しようと思って、ね」

凪がとぼけてそう言うと、健太郎は、

「え、ええ？」

と、さらに目をぱちぱちとさせた。

4.

……海水をたくさん飲んでしまった。しかしそれでも、ドーバーマンは必死で、海上に出るのを我慢した。

泳ぐというよりも、ほとんど藻掻《もが》いているような体勢で移動して、必死でその場から離れた。

桟橋《さんばし》の壁面を、その合成人間の強化された指で穿《うが》ちながらしがみついて、とにかく身体が浮き上がるのを阻止した。

もう充分に離れた、と思ったところまで行っても、彼はなかなか海から出られなかった。呼吸は既に限界に達していたが、それでも出る踏ん切りをつけられなかった。

しかし壁にしがみついている指の力が抜けて、彼は海上に出ていった。

「――がはっ！」

口から水が噴き出して、肺が空気を求めて大きく胸が動き、砕かれた肋骨が激しく痛んだ。

「――ぐ、ぐぐ……！」

ぜいぜいとあえぎながら、彼は港の隅の区画に這い上がった。無駄に潜《もぐ》りすぎていたせいで、疲労がピークに達していた。

「く、くそ――なんだって、こんな……」

地面にへたりこんだ彼の、その頭上から声が掛けられた。

「あー、ずいぶんと苦労したみたいだな？」

顔を上げると、そこには村津隆が立っていた。

「……おまえ」

ドーバーマンは、一瞬そいつが誰なのかわからなかった。それほどに隆の顔つきが変わっていた。

「しかし、死ななくて良かったじゃねーか。ここで死んでいたら、あんた完全に無駄死にだったらしいぜ。リセットがそう言ってた」

その名前を隆が口にしたので、ドーバーマンは青ざめていた顔をさらに引きつらせた。

「なんだと……リセットから連絡が来たのか？」

焦って訊くドーバーマンに、隆は面白がっているような口調で、

「もうそろそろ、二度目の連絡が来るはずだ。そのときに合流地点を教えてくれるってよ。ただ急がなきゃならないらしいから、怪我人《けがにん》のあんたじゃきついかもなあ——」

と、せせら笑うような口調で言った。

「…………」

ドーバーマンは、何かが変だと思った。隆が調子に乗っているのはわかったし、自分がドジを踏んだのもわかっていたが、しかしそれだけではないような、なにか異常なものを感じてい

た。

(なんで俺は、今――こんな状況になった? あの女はなんだったんだ? 俺は船に行こうとしていて、そこであの女は――もし俺が船に乗っていたら、今頃はどうなっていた?)

なんだか変な感じだった――統和機構がこれからドーバーマンにどのような裁定を下すのかはわからない。だがそれは決して甘いものではなさそうだった。もしも、彼が今、あの女にそのままやられていたら、あいつは彼を殺していたのだろうか、それとも――。

(なんでだ? なんで――俺は今、もしかすると……あの女に助けられたのかも知れないって、そんな風に思っているんだ……?)

＊

……港を駆け抜けていった犬は、すぐに一帯を見おろす位置に立っていたパールのところに戻ってきた。

「遅い。どこに行ってた?」

少女の姿をした合成人間は、不機嫌な声でモンズに詰問してきた。

「まあ、野暮用《やぼよう》だよ」

モンズがとぼけた調子でそう言うと、パールはやや厳しい表情になって、

「あんた、まさかあの船に行ってたんじゃないでしょうね？　昔の、あんたが人間だった頃の仲間の想い出があるから、とかなんとかどうでもいいような理由で」

「いや、そんなことはないが……」

モンズはもごもごと言葉に詰まったが、すぐにその小さな瞳《ひとみ》を少女の方に向けて、

「しかし、どうでもいいってことはないだろう」

と文句を言うと、パールは「はっ」と鼻を鳴らして、

「どうでもいいことよ、昔のことなんて全部。なんの役にも立たないわ」

と素っ気なく言う。

「実に、おまえさんらしい見解だな」

モンズは首を縮め、身体をふるふるとかすかに揺すった。人間なら肩をすくめるという動作に相当するのだろう。

「だが、船は無事に出ていったみたいだな」

「どうやって動かしてんのか、まったく見当がつかないけどね――どうでもいいわ。これであのフォルテッシモから逃れられるなら、あの船ぐらい安いものよ」

彼女たちのそういうところを見ると、そもそも船に多くの者を引き寄せた原因をつくったのはこの奇妙なコンビであるらしかった。

彼女たちが見ている海の方から、ずずっ、という低い音がかすかに響いてきた。

「……やった」

モンズが呻《うめ》くように言った。パールもうなずく。彼女たちの特殊な眼は、夜の闇の中でもその光景を捉えていたのだった。

沖に出つつあった船が、突然まっぷたつに割れて沈没してしまった様子を。

「ジィドは逃げられたかしら？」

「儂は正直、あいつはあまり好かん。信用できん」

「でも、使い道には事欠かないわ。取り扱いに悩まされるけど、便利よ。あの人間戦闘兵器くんは、ね」

パールはにやりと不敵な笑いを浮かべた。そして足下に座っていたモンズの、その後ろ脚の付け根あたりを靴のつま先で軽く蹴って、

「行くわよ」

と促し、この少女と犬は移動を開始した。

＊

その船が沈んでしまう様子を、少し離れた海上で凪と健太郎も目撃していた。

「な、なんだあ？」

健太郎が思わず声を上げた。二人は、港に係留《けいりゅう》されていた個人所有らしい小型クルーザーの、そのロックを破壊して無断借用させてもらい、そこまでやってきたのだが——

「遅かったか」

凪は舌打ちしながらも、操舵桿《そうだかん》を的確に操って、慎重に船が沈んでいった場所へと近づいていく。むろん彼女はもう下着姿ではない。ミニバンに積んであった着替えを着ているが、それもやっぱり前のと同じ革のつなぎである。

「お、おい——大丈夫かあ？」

健太郎はやや怯みながら、周囲をきょろきょろと見回した。だが暗すぎてよく見えない。

「ライトを点《つ》けよう」

凪がそう言うと、健太郎は、うう、と少しためらったが、海面を照らし出すライトを点けて、周囲を探り出した。

「——もし、あの船を沈めたヤツが、まだこの近くにいたらやばいんだが……ううう」

と愚痴《ぐち》りながらも、確認作業はぬかりなく進めていく。そこで彼は気づいた。

「お、おい……なんかおかしいぞ。船が完全に破壊された沈没なのに、浮いてくる破片が少なすぎる——つうか、船自体の破片なんか全然ないぞ。浮き輪とか、備品とか——そんなのばっかりだ。あの船、何を積んでいたのか知らねーが……沈めたのはなんらかの〝証拠隠滅《いんめつ》〟が目的だったんじゃないのか？」

「なるほど、そう考えれば辻褄《つじつま》は合うな——それじゃ探しても、もう無意味ってことか？」

凪がうなずいた、そのときだった。

ごごん、と海中からこもったような音がして、四角くて大きな、人一人ぐらいの大きさの塊《かたまり》が急に浮いてきた。

「な、なんだあれ——ロッカー？」

それは服や掃除用具などを入れておくための、作業用ロッカーのようだった。他の物がたいていどこかが破損しているのに、それは妙に〝そのまま〟だった。

「なんか、怪しいな——罠か？　拾いに来たヤツを吹っ飛ばす、ブービー・トラップとか」

健太郎は慎重にロッカーを観察した。凪も近くにやってきた。

「どうするか。引き上げるべきかな」

凪が訊いても、健太郎はしばらく考えていたが、そのとき彼の耳に、何かが聞こえた。

それはロッカーの中から響いてきたように感じられた——かすかな、だが確かにそれは、

「呼吸音がしたぞ……！」

彼が突然そう言ったので、凪は驚いた。

「なんだって？　オレにはなにも聞こえなかったが——」

「いや、間違いない——人が呻くような音がした。中に誰かいるぞ、あれは！」

健太郎は真剣な顔である。凪はそんな彼を少し見つめたが、やがて、

「わかった。揚げよう」

とうなずいて、ロッカーにひっかけて引っ張るためのロープを用意した。

「せーの……！」

二人がかりでロッカーを甲板《かんぱん》に引き上げた。重さは健太郎が言ったとおり、人間が中に入っているような感じだった。

開けるのは健太郎が自分でやった。なんだか手際がいい。

それを見つめながら、凪は心の中で、

（誰が、どうしてこんなものを後から浮くように仕掛けたのか知らないが、そいつはもしかして、この健太郎と同じようなモノの考え方をするヤツじゃないんだろうか……？）

と考えていた。あるいは――健太郎と共鳴するなにかがあるのかも知れない。

「よっ、よっ、と……！」

こじ開けた。密封されていた内部には、本当に人間が入っていた。胸に傷を負って、意識を失っている。傷口は応急処置でふさがれていたが、しかし相当に重傷のようだ。

「学生か――いや、男かと思ったら、こいつ女だぞ？」

健太はその気絶している人物に見覚えがなかったが、しかし凪はそいつを知っていた。その男装した少女は、

「奈良崎克己《ならききかつみ》だ、こいつは――」

確かそういう名前だった。そして彼女は、またの名をラウンダバウトという。

「なんだって？」

「朝子が言ってたヤツだ。おそらくそうだ——人相が一致している」

凪は、その人物の首に手を伸ばして、脈を確認した。

「だいぶ弱っているな。すぐに処置しないと——」

「おい、まさか。あいつのところに連れて行くつもりか？」

健太郎がやや嫌悪をにじませてそう問うと、凪はうなずいた。

「ああ——おそらくこいつは合成人間だ。釘斗博士に治療してもらって、ついでに調べてもらおう」

「…………」

やや不安そうな表情で、健太郎は凪とラウンダバウトを交互に見やった。

凪には——この傷ついているとはいえ、怪しいことこの上ない男装の少女を〝助けない〟という発想がそもそも浮かばないようだった。それが霧間凪という人間である。だがその性格故に、今——彼女は後戻りのできない決定的な一歩を踏み出してしまっていたことを、健太郎も、凪自身も知る由《よし》はなかった。

千年ぶりの〈魔女戦争〉の開始を告げる鐘が鳴らされるそのときは、刻一刻と近づいてきていた——。

chapter four
<the signal>

『悪夢とただの夢とのあいだには、明確な違いはない』

――霧間誠一〈不安と秩序〉

1.

……それはどことも知れない、暗闇の中だった。

「あーあ……」

蠟燭《ろうそく》の火がゆらゆらと、闇の中で揺れている。

その薄明かりに照らし出されて、一人の少女がつまらなさそうな顔をしている。

彼女は、ふうっ、と息を吐いて炎を吹き消した。

「やれやれ、ちょっと早いわよ。あともう少しで、ヴァルプの奴が来るはずなのに——また接触できなかったわ」

そして別の蠟燭に、また火をつけた。

「あの、小男にしか意識がつながっていないけど、どうかしらね——」

不思議なことを呟きながら、彼女は炎を見つめる。

するとその立ちのぼる陽炎《かげろう》の中に、席を囲む人影と、一匹の犬の幻影が、ぼうっ、と浮かび上がった。

それはパールとモンズだった。そしてそのパールの瞳の中に映っている人影は、先ほど船に乗り込んでいった三人の内のひとり——ジィドという男だった。

彼が見ているものが、遠く離れた位置にいる彼女にも見えている——そういうことのようだった。

モンズの姿を見て、闇の中の少女は「ほ」と愉快そうに吐息を漏《も》らした。

「あらあら——これは面白いところにつながったわ。ずいぶんと可愛らしい姿になったものね——でも昔のよしみだし、これは招待《しょうたい》してさしあげないと、ね——」

そう言いながら、彼女は指先を奇妙な形に動かして、虚空《こくう》にサインを書いた。

すると幻影の向こうでも、ジィドの手が本人の意思とは関係なく、レストランの席に置かれていた紙ナプキンになにやら書き込んでいる。

それに気づいたモンズとパールが慌《あわ》てだした。そのサインに見覚えがあるようだった。

その〝黄泉《よみ》から戻りし者の刻印〟——アルケスティスのサインを。

あの沈んでしまった船の中には、かつてモンズが人間だった頃の仲間の死体が数体、ミイラになって残っていた。凪が、あともう少しでそれに近づくところだったそのミイラに、ジィドは触れていた。

そして、その人々を殺し、その死骸に自らの呪縛《じゅばく》を植えつけていたのが、このアルケスティスという名の、少女の姿をした奇妙な存在なのだった。

その存在を説明する言葉はない。だから過去、それに関わってきた者は皆、便宜上このアルケスティスのことを〝魔女〟と呼んできた。

「ふふっ——」

彼女は楽しそうに、戦慄《せんりつ》しているパールのことを見つめている。

「この娘——なかなか見込みがありそうね。そこそこに頑張《がんば》り屋さんで、いい具合に臆病者《おくびようもの》だわ。面白いバランスね。……もと統和機構のメンバー、か。じゃあ、こいつにその古巣の、次の支配者にでもなってもらおうかしら？」

＊

健太郎の運転するミニバンは、例の白い建物——釘斗博士が属している病院と研究施設が一緒になっている施設に入っていった。

「ああ、こっちだ」

搬入口《はんにゆうぐち》にはもう、連絡を受けた釘斗博士が待っており、意識を失っているラウンダバウトはすぐに手術室へと運び込まれた。博士が手回しを終えていたらしく、施設で勤務している他の者は誰一人としていなかった。博士が一人だけだ。

「ひとりで大丈夫なのか？」

凪がそう訊いたら、博士は笑って、

「助手なんかいても、どうせ私の動きにはついてこれないよ」

と自信たっぷりに言い切った。

そしてその言葉通りに、一時間ぐらいで博士は手術室から出てきて、

「もう大丈夫だろう」

と、いともあっさりと言った。

「本当か？」

健太郎は思わず疑いの眼差しを向けてしまったが、体毛がすべて薄い亜麻色《あまいろ》の、この不気味な医師は平然とした顔で、

「助からないとしたら、この患者に生きる意志がないってことだ」

と言い切った。健太郎は、む、と口ごもる。彼はこの男が、どうにも好きになれない。凪が長期入院していた頃から、その異常な症状に好奇心丸出しで接していたというし、どこかで良心のタガが外れているような印象がある。現に今も、こちらには都合がいいのだが、明らかに病院の服務規程を逸脱した治療行為を平気で行っている。

「とにかく、今は目を覚ますのを待つしかないな」

凪は博士には大して目もくれず、ラウンダバウトの方にのみ関心を示している。

「このまま病院にいられるのか？」

「私の研究フロア内にいて、外に出なければ見つからないとは思うが、どっちにしろ傷がふさがるまでは動かさない方がいいだろうな」

「傷はどのくらいでふさがる？　——というよりも、この彼女の身体に、どこか普通でないところはあったか？」

「いや、見つからなかった。合成人間かも知れないが、その特殊性はそうそう区別できないもののようだな。織機綺がそうであったように、な」

ニヤリと口元を、なんとも歪んだ感じに吊り上げる。

「治療には影響ないと思うが、そのせいで治りが遅いか早いは、経過を見るしかあるまいよ」

「そうか——」

凪はベッドに横たわっているラウンダバウトを、やや厳しい表情で見つめている。そんな彼女に健太郎は横から、

「しかし、こいつが治ったとして、俺たちを攻撃してくるとか、逃げ出すとか、そういう心配をしておかなきゃならないんじゃないのか？」

「ああ。そうだろうな——だがおそらく、その心配はないだろう」

妙に確信に満ちた口調で、凪ははっきりとそう言った。

「え？　なんで？」

「あの助けられ方——あれは、この彼女のことを守ろうとした奴の姿勢を示していた。ああいう風に守ってやろうと思われるってことは、この娘もそんなに悪くはないってことだ。そう思う」

うなずきながら、凪は静かに断言した。

「そう思う、って言われてもな——少なくとも拘束《こうそく》しておくとか」

「合成人間がどんなものかは知らないけど、その気になったら拘束具なんて役には立たないんじゃないのか?」

「……うーん」

もっともなことを言われて健太郎は困ってしまったが、要するに彼が言いたいのは、凪はラウンダバウトのことばかりではなくて、自分の身の安全の方をもう少し心配した方がいいということであって、しかしそれは彼女に言っても絶対に聞いてくれないことなのだった。

そんな二人を釘斗博士はニヤニヤしながら見ていたが、やがて、

「しかし羽原君、君はあまりこんなことに深入りしない方がいいんじゃないのか。名士であるご両親もさぞ、君の将来については気を揉《も》んでいることだろうし」

と嫌味っぽく言ってきた。

む、と健太郎は眉をひそめて、

「あんたにそんなことを心配してもらう必要はないね」

と、ややきつい声を出した。だが博士はそんな健太郎のことを無視して、凪の方に、

「ああ、そうそう——君から調べるように言われている、あの切断された腕の方は、まだ調査中だ。あれについては特殊性が検出できるかも知れない」

と言った。凪はちら、と顔を上げて、

「ああ、頼む」

と応じたが、すぐにラウンダバウトに視線を戻す。

だが、健太郎はやや顔を青ざめさせて、

「お、おい——ちょっと」

と、釘斗博士を引っ張るようにして、その場から凪を置いて二人で離れた。

「どういうことだ？」

凪には聞こえないように、健太郎は博士に詰め寄った。

「なんのことだね？」

「切断された腕、とか——いったい何のことだ？」

「ああ、彼女は君にはまだ言っていなかったのか——少し前に彼女が、戦った敵の腕を切り取って、ここに持ち込んできたんだよ」

「戦った、だって？」

健太郎はショックを受けた表情を隠そうともしなかった。

「そいつは……何とだ？」

「それを知りたいから、彼女も私に調べるように頼んだと思うんだがね」

博士はひょうひょうとしている。

「……おい、あんた。凪に変なことを吹き込んで、煽《あお》ったりしていないだろうな?」

健太郎はほとんど「自分の娘に近寄るな」と不良相手に抗議する父親のような顔つきになっている。だがこれに対する博士の方は、何ものにも似ていない独特の、なんとも捉えどころのない表情で、

「羽原君——君は、手に負えないものと出会ったことがあるかね?」

と言った。

「え?」

「自分ではああしたいこうしたいと願っているのに、現実ではどうにもうまく行かなかったり、どうしてそうなるのかわからなくて、どうすることもできないもの——そういうものに出くわしてしまったら、君ならどうするね?」

「なんのことだ?」

「私はね、自慢ではないが頭がいい」

臆面《おくめん》もなく言い切る。

「その頭のいい私には、ほとんどのことは理解できるし、自分ができないことであっても、それが愚かだから私が関わるべきではないと知っている——だが、その私の人生の中で、たったひとつだけ例外がある」

ちら、と博士は壁を隔てた向こう側にいる凪の方に視線を向けた。

「特殊な症例だったから、というんじゃあない——そんなものは他にもある。だが私は、彼女のことは、その精神もふくめてすべてが、なんとも理解しがたいんだよ。どうしてあんなことをしているのか、ということも含めて、手に負えないのさ。君はどうかな。自分が彼女に、なんらかの影響を与えうると思うかね。そして君にもできないことが、私にできるかな？」

「——ごちゃごちゃ訳のわからない理屈をこねるな。あんたは凪が危険なところに近づいていくのにくっついているだけの、ただの研究マニアだろうが」

「それも否定はしないよ。楽しいからな——」

釘斗博士は凪のいる方に視線を向けつつ、ニヤニヤとしている。

「……あんたが凪の害になるようなことをしたら、俺はあんたを許さないからな」

健太郎の威嚇《いかく》にも、博士はまるで動じる様子を見せずに、視線さえ向けずに、

「それを選ぶのは、結局彼女自身だと思うんだがね——何が害になるのか、何が求めるものなのか——それを決められるのは彼女と、そして彼女の運命であって、我々にはどうせ関与できない——そうは思わないか？」

と、どこか突き放したような口調で言った。

「………？」

凪は、博士と健太郎がなにやらひそひそ話しているのはわかったが、ラウンダバウトの側か

ら離れてまでそれを聞こうとは思わなかったので、その場に留まっていた。

すると、ベッドの上の彼女が、うう、とかすかにうめき声を上げた。

凪は、その側《そば》に寄って彼女のことを見守った。

苦しげに首を振ったら、その頬を撫でて、落ち着けというサインを送った。かつては自分も同じようにベッドに横たわっていた経験のある凪には、彼女が今、無意識で何を求めているのかわかっていた。

やがて、彼女はその瞼をゆっくりと開いて、そして頼りなげな眼差しで周囲を見回した。

巡ってきた視線は、凪のそれと交錯する。きょとんとした、不思議そうな目つきをしている。

「やあ、眼が醒《さ》めたな」

凪はうなずきながら、彼女に穏やかな口調で話しかけた。

2.

結局、あの後でリセットから直接の通信はなく、ただ一件の素っ気ないメールが、村津隆が個人所有している携帯電話の回線で送られてきただけだった。そこで指示された合流場所は、港からかなり離れたビジネス街のビルの中の、あるオフィスということだった。ドーバーマンと隆は乗ってきた車を飛ばして、なんとか指定時間ぎりぎりにその場所に到着した。

ビルには人気がなく、がらんとした廊下の向こうにぽつん、とエレベーターがあったので、それに乗り込む。

「………」

ドーバーマンはずっと無言だ。砕かれた脇腹の痛みは麻酔《ますい》を打って抑えているが、それでも身体を動かせば、どうしても損傷箇所が引っ張られる。

そんな彼を、隆は薄笑いを浮かべながら見つめている。自分をさんざん脅かしてくれた奴が弱っているのは単純に気分がいい。しかしドーバーマンはそんな相手の態度にはかまわず、

「リセットは……知らないようだったのか？」

と質問した。

「あ？　なにを」

「俺が戦っていた相手のことを——おまえが炎の魔女とかいっていた、あの女のことを、だ——どうなんだ？」

「いや、よくわかんねーが——たしか〝何と戦っていようが〟とか言っていたから、知らないんじゃないのか。どうでもいい、みたいな」

「馬鹿な——どうでもいいはずがあるか」

ドーバーマンは顔をしかめた。

「あれが、あんなものが今までどうして危険対象に認定されていなかったんだ——そんな馬鹿

な話があるものか。おかしい、どう考えても――なにか俺の知らないところで、別のことが動いている……！」

ぎりぎり、と噛みしめられた奥歯が軋《きし》んだ。

「女にやられて悔しいのはわかるけどよ、あんまりムキになるとみっともないぜ。だいたい――」

隆が軽い口調で喋っているとき、エレベーターが上昇している途中で、がくん、と停止した。

「……な？　お、おい、なんで停めるんだ？」

隆がドーバーマンにそう訊いたが、彼はなぜか隆ではなく、全然別の方向を向いて、

「……おかしいとは思わないか、おまえらも？」

と言った。隆は彼の頭こそがおかしくなったのかと疑ったが、次の瞬間、

〝そうだな――なかなか面白そうな話では、あるな〟

という声が、どこからともなく聞こえてきたので、仰天《ぎようてん》した。

狭いエレベーターの中にいるのに、その中で声が聞こえるのに、それなのに――どこから聞こえているのかわからない。

〝少なくとも、おまえを今すぐにここで始末するよりは、その話の続きを聞きたいところではあるな――なあ、ドーバーマン〟

声が、別のものになった。さっきは男のようだったが、今度は女になった。

「な、なんだ……なんだよおい？」

隆は、きょろきょろと辺りを見回した。どこか、目立たないところにスピーカーでも仕込まれているのかと思ったのだ。だがそれらしき物などどこにもない。

〝やかましいぞ、ガキ——こっちは大事な話をしているんだ。殺すぞ？〟

またしても別の声だ。いったい、いくつ異なる声が聞こえてくるというのか？

〝まあ、でもこの小僧《こぞう》も、なんか色々知ってるみたいじゃない？　それを聞かせてもらう必要もありそうよ。焦って殺すとまずいかもね〟

〝同感だ。イースト、どうもおまえはすぐに誰でも殺したがる癖があるぞ〟

〝うるせえな。メンドくせーことは、みんな早めに始末した方がいいんだよ〟

声の間で、口喧嘩のようなものまで始まってしまった。ここでドーバーマンが、

「いいか〝トラス・アトラス〟よ——おまえたちはリセットに、場合によっては俺を始末しろと命じられているんだろうが——少なくとも、彼女と同じクラスの奴が隠蔽《いんぺい》でもしない限り、俺が戦った相手のことを、今まで統和機構が知らないでいた、なんてことはあり得ないんだ——リセットのすぐ近くに、裏切り者がいる可能性が高い。これは大変な事態なんだ」

〝だから、今は貴重な戦力である自分は殺すな、ってか。ははっ、ずいぶんとうぬぼれてるじゃねーか〟

〝しっかし、リセットはあんたが焦ってるって言ってたけど——本当にそうみたいね〟

〝らしくないぞ、ドーバーマン。いつもの余裕ぶった態度はどうした？〟

それは明らかに侮蔑《ぶべつ》のこもった声だったが、ドーバーマンはこれに怒る様子も見せず、

「……おまえたちも、あいつと戦ったらわかるさ」

と言った。

〝炎の魔女、ねえ……なーんか真剣さの感じらんない相手みたいじゃんか——そんなに大したもんなの？〟

〝しかし、忠告は忠告として受け入れてやろう。こっちにも、その炎の魔女とやらについての情報をよこしてもらおうか〟

「好きにしろ。俺には——もう用はない」

ドーバーマンは投げやりな口調で言った。横にいる隆は、すっかり混乱してしまっている。

「な、なんだよ。あんた、いったい何と話しているんだよ？」

ここでやっと、ドーバーマンは隆の方を向いた。そして不思議なことを言った。

「おまえ——いったい何に導かれているんだ。おまえ自身はどうでもいいようなガキなのに、おまえと関わったせいで、俺は——いや、統和機構自体が、もしかしたら……」

「え？」

隆はきょとんとした。彼はここで、はじめてドーバーマンの顔を、まともに正面から見た。

相手も、彼も、同じような顔をしていた。

なにもわからない、ということを共有する同類の眼をしていた。

「お、俺は——」

隆は口を開きかけた。何かを言おうとした。だがそこで隆は、急に背後から引っ張られるような感覚に襲われて、そのまま——どこかへ引きずり込まれるように、がくん、と急に後ずさった。

エレベーターボックスの、狭い空間——その完全に密閉されているはずの場所で、隆の身体がドーバーマンの視界から外れ、眼をそっちに移したときには——もうその姿はどこにもなかった。

そして——さんざん聞こえていた、あのいくつもの声の気配も、同時に失《う》せている。

統和機構の特殊工作チームのひとつ〝トラス・アトラス〟——その能力はドーバーマンにとっても謎《なぞ》であり、如何なる原理で姿を消したりできるのかはわかっていない。ただ男女あわせて六名のメンバーで構成されているらしいということしか知らない。

「…………」

炎の魔女という存在の情報源であった村津隆ともども、連中は去っていってしまった。すると何事もなかったかのように、エレベーターがふたたび、ごとん、と動き出した。

目的地であったオフィスのある階に、たちまち到着して、扉が開いた。

がらん——となにもないフロアの、だだっ広い空間が広がっている。

「…………」

ドーバーマンはその中央辺りまで歩いていき、そして、その場に落ちていた一枚のカードを拾い上げた。

そこには見覚えのある字で、素っ気なく、

〝気になるのなら、自分の判断で追え〟

と書かれていた。署名も何もないが、それは統和機構の上層部から下される指令に共通する筆跡だった。

（やはり――）

とドーバーマンは、自分の考えが正しかったことを再認識した。リセットは今、別のことで忙しく、彼にかまっている余裕がないのである。確かに彼女に連絡を取らなかったのは彼の、やや独断気味の行動であったかも知れないが――それはリセットの方も同じなのだ。状況説明のための連絡をしてこなかったのは、あるいは彼を、裏切り者ではないかと疑っていたからかも知れない。

（まさかとは思っていたが――やはり統和機構のトップの領域で大きな激変が起きつつあるという噂は本当なのか――）

ぞくっ、と背筋に冷たいものが走った。それは必ずしも恐怖だけではなかった。

（ならば、俺にもそこに近づけるチャンスがあるということかも知れないぞ、これは――）

知らず知らずのうちに、彼の顔にはやや強張ってはいるものの、はっきりとした笑みが浮かんでいた。

だがそれはどこか、飢えた野良犬が毒入りの餌《えさ》に吸い寄せられているときのような、そんな危うさを感じさせる笑い方だった。

3.

……暗い道を、バイクが疾走していく。

周囲には外灯も少なく、ヘッドライトが照らし出す丸い光だけが闇を切り抜くように浮かび上がっていて、路面の上を滑っていく。

(…………)

ラウンダバウトとの面会を終えた霧間凪は、帰路に就いていた。彼女から得られる情報で、彼女にとって謎である統和機構の脅威にもかなり対応できそうな感触がある。

さらに厳しい戦いに挑むことになるのかも知れないが——彼女はそのことにはほとんど悩んでいなかった。

やらなければならないことが目の前にあるのだから、それを片づけるだけだ——彼女はいつだってシンプルな考えでしか動かないのだ。

しかしそれでも、感覚はある――さらに一歩、より危険な領域に足を踏み入れつつあるということを感じている。

(―――)

凪は悩んでいなかったが、しかし少しだけ、嫌な感じもしていた。

心の中で、なにかが麻痺《まひ》しているのかも知れない。

きわどいことをしても平気になっている。それは一歩間違えば簡単に堕落《だらく》する前兆であることを、凪はよく知っている――そういう連中とやり合ってきたからだ。汚職警官に、麻薬を売る教師に――なまじ正義の味方ぶっているヤツほど、自分は正しいのだから少しぐらいは役得《やくとく》があるべきだと、開き直って平気でいる……。

(オレは――どうなのか)

考え事をしすぎてもいいことは何もないが、それでも凪は、いつもどこかでそんなことを考え続けている……。

「――む」

だが浸りすぎもしない。そのときもすぐに、バイクを少し離れたところからブレーキをかけ始めて、静かに停車した。道路の脇に、彼女のことを見ている影がひとつ、立っていることに気づいたのだった。

黒い影の中で、真っ黒い格好をしている者だったが、それでも凪にはそいつがそこに立っていることがわかったのだった。バイクから降りて、その近くまでゆっくりとした足取りで歩いていく。

「…………」

凪が無言で、そいつのことを睨みつけていると、そいつはずいぶんと緊張感のない、気楽な調子で、

「やあ、炎の魔女」

と話しかけてきた。

筒《つつ》のような形をした黒い帽子《ぼうし》に、黒いマントで全身をくるんでいるので、なんだか人影というよりも、棒が地面から生えているか、影が空間にまで伸びて立ち上がっているように見える。

「こんなところで何してる？　ブギーポップ」

凪は挨拶ぬきで、そいつのことを奇妙な名前で呼んだ。

「ぼくには、他に能がないんでね——出ているときは、敵が現れそうなときだけさ」

「——何とやり合っている？」

「世界の危機とさ」

さらりというその言葉には、まったく重みというものがない。

「その敵は、どうやって見つけたんだ」

「ぼくは自動的なんでね」

黒い影は、肩をすくめるような動作をしながら、その白い顔の上の黒いルージュをかすかに歪めた。とぼけているような、微笑しているような、左右非対称の不思議な表情だった。

それを見て、凪は苦笑気味の顔になる。

「おまえはいつもそうだな――迷いがなくて羨《うらや》ましいというか、鬱陶《うっとう》しいというか」

「君だって、相当に迷いがないと思うけどね」

「そうでもねーよ――オレは臆病だしな」

凪はかすかに頭を振って、そして吐息《といき》混じりに言った。

「おまえからしたら、オレがいつもやり合っているような連中は、戦う必要もない屑《くず》みたいなヤツになるんだろうな……だがそれでも、連中は許してはおけない悪ではあるんだ。放ってはおけない……たとえ世界の危機というほどでなくとも、な」

「見解の相違、ということかな。しかしその謙遜《けんそん》みたいな考えは少しずれているね。君が戦っているのは、最初から世界の危機じゃない。ぼくとは方向が根本的に違うんだよ」

「どういう意味だ？　オレの方には危険なんかないっていうのか」

「君が戦っているのは〝人間の危機〟なのさ。君はいつだって人間の味方であって、世界なんて実はどうでもいいはずだ」

そいつは断言した。そこには確かに、微塵《みじん》も迷いがない。

「それは……どこが違うんだ？」

凪はとまどって、そう訊き返した。そいつはうなずいて、

「君には目的があるけど、ぼくにはないということだよ。ぼくはただ、敵を排除するだけ——殺すだけだ。君はそうじゃない。君は守るのが先で、倒すのは二の次——違うかな?」

「……おまえは世界を守っていないというのか?」

「君が〝かくあるべき〟だと思っている世界は、ぼくには関係がない。現実を良くしようとも、悪くしたくないとも考えていない——それを思うのは人間の領域だ。世界というのはただ、漠然と存在しているだけで、そこには意志はない。その中で考えているのは人間の方だ」

「……訳がわかんねーよ」

凪が困惑していると、そいつは彼女のことをまっすぐに見つめてきた。

いや——最初からずっと、そいつは一度も凪から眼を逸らさない。

その視線に、およそ迫力とか威圧というものが皆無なので不快さはないのだが……それはなんだか、観察しているようにもみえる。

凪も、その相手からの注視に気づいて、眉をひそめた。

「おまえ……まさか」

「君は、ずっと考えているようだね——その答えは、いつかは出ると思うかい?」

凪の表情が厳しくなっていくの対し、そいつは左右非対称の顔のままだ。

「おまえ、さっき言っていたな……〝敵が現れそうなとき〟だと……それはもしかして——」

凪は息苦しさを感じて、革のつなぎの胸元を思わず摑んでいた。

「……このオレの——霧間凪のことなのか？」

凪の思い切った問いかけに、そいつは即答せずに、ただ彼女のことを見つめ続けている。

「——」

「…………」

両者は無言の内に対峙《たいじ》し続けていたが、やがて黒帽子の方が、その黒いルージュの引かれた唇を開いた。

「君は考え続けている——それが君の、あるいはほんとうの戦いなのかも知れないね。だとしたら……その領域に、ぼくの出番はないよ。それは君の戦いなんだから」

「……オレが、世界の敵というような危険な存在に堕《お》ちてしまっても、おまえはオレを殺さないのか？」

凪は、自分のことではないような、客観的な言い方をした。まるでそれは、そうして欲しいとでもいうかのようでもあった。

「そうだね——どうもそういうことらしいね。ぼくらは平行線のまま、交わることがないのかもね。君は時折は、ぼくの仕事の手助けになるようなこともしてくれてきたけど、その逆はないのかも知れない。ぼくは、君の味方にはならないし、敵にもならない——役には立たない」

突き放すように、そう言った。

「オレは――」

凪はなにかを言いかけて、そして口をつぐんでうつむいた。

そして顔を上げたとき、彼女の目の前にはもう、何もいなかった。

最初からそこには誰もおらず、すべては幻覚だったとでもいうかのように。

「…………」

凪は、ずっと掴み続けていた胸元から、ゆっくりと手を離した。汗でびっしょりになっていた。

嫌な感じは、ずっと消えていない。

(オレが……戦っている理由、それは――)

彼女はもやもやとした想いを振り払うように、首を左右に振った。そしてまたバイクにまたがって、帰路に就くことにした。

綺は心配しているだろうか。寝ていたら起こさないように気をつけないとな――夜の道を疾走しながら凪はまた、シンプルな考えに戻っていた。

4.

……夢を見ている。

これが夢だということを、自分でも悟りながら、村津隆は彼女と向かい合って、どことも知れない空間で座っていた。

白いテーブル、白い椅子、白い壁——何もかもが白い中で、彼女だけが、その服装も長い髪も黒かった。

「どうしようもないことに対して、人間は何ができると思う?」

そう問いかけてくる彼女——冥加暦は穏やかな微笑みを浮かべている。

あのときのままだ。幼かった隆と話していた頃のままの、ふわりと軽やかな表情をしている。

「ええと——努力するとか?　でもどうしようもないことなら、努力しても無駄《むだ》かな」

「そうね——そりゃあ努力は美しいとかいうけど、生身の人間に十メートルの壁を飛び越せるようになれといっても、絶対にできない——そして世の中には、そういったたぐいの〝どうしようもないこと〟があふれている。そういうときには、いったいどうすればいいのかしら」

「どうすんの?」

「できないということを、そのまま認めるしかないわね」

「身も蓋《ふた》もないな」

「しかし他に道はないわ——放り出すことも逃げることもできないから、それは〝どうしようもない〟ことなのだから、それを前にしたときに、人ができることはまず、認めることだけ」

「で、あきらめろ、って?」

この投げやり気味の問いに、彼女はきっぱりと、

「いいえ」

と言い切った。

「それは無意味だわ。あきらめたところで、何かが変わるわけでもない——変えたいと思うならば、人はそこで、持っているものをさらけ出さなければならない」

「さらけ出す？　何を？」

「すべてを、よ——持っているものをありったけ、どうしようもないことにぶつけてみることにしか道はない」

「でも、全部をぶつけたら、何も残らないんじゃないのか？」

「残らなかったら、そこで終わりよ——でも出さなかったら、それも終わり。同じことだわ」

冥加暦は、こういう突き放したモノの言い方をよくしていた。どうせ無駄とか、無意味とか——終わりとか。

だが、その響きが記憶の中の彼女のものとは微妙に違っている。

何が違うのかはわからないが、だが決定的に異なっているものがある——夢の中で、隆がそう感じたときに、彼女は言った。

「どうしようもないことに出会ったときに、いったい何を最後まで残しておくのか——それ以外のすべてを差し出しても、それだけは守らなければならないものは何か、それを知ってさえ

いれば、あなたは何にも負けることはない。そう——たとえ相手が最凶《さいきょう》にして最悪の魔女であったとしても、ね……」

そのとき——遠くの方から振動のようなものが伝わってきた。それはなんだか、電車に乗っているときのような感覚である。

いや——のような、ではない。

自分は今、電車に乗っているのだ——そして眼が醒めようとしている。

「れ、れき——」

夢うつつの状態がどんどん薄れていき、現実に還《かえ》ろうとするとき、彼女の言葉がかすかに聞こえたような気がした。それは、

〝すべてを差し出すのよ——さらけだせば、そこに道が開ける——〟

と言っていた。

——がたん、

と腰に突き上げるような、軽い衝撃があって隆は、はっ、と我に返った。

走行している電車の、その座席に座っていて居眠りしていた男——それが今の隆の状態だった。

「——」

周りを見回す。しかし乗車しているのは自分だけで、他の客の姿はどこにもなかった。

（な——なんで、俺は……）

彼は思いだそうとする。たしか彼は、ついさっきまでドーバーマンと一緒にビルのエレベータに乗っていて、上の階に向かっていたはずで……それがどうして、がら空きの電車に一人で座っているのだろう？

「……こ、これは」

と隆が思わず呟きを漏らしたそのとき、いきなり横で、

〝つまりは拉致《らち》られた、ってことだよ、村津隆くんよ〟

という男の声がした。

「……！」

ぎょっとして振り向いたが、そこには誰もいない。

するとまた後ろから、

〝あんた、ドーバーマンとはどんな取り引きしてたのか知らないけど、そいつはもう通用しないから、そのつもりで〟

という声がした。今度は女の声だ。

それだけではなく、周囲からくすくすと笑い声がいくつも聞こえてくる。しかしその声がど

こから聞こえてくるのかはわからない。

（そ、そうだ……そうだった。俺は、あのエレベーターの中で——たしかドーバーマンはこいつらを……）

「トラス・アトラス——」

そう呼んでいた。するとくすくす笑いがやんで、

〃とりあえず、おまえにどんな利用価値があるのか、そいつを教えてもらおう〃

と一方的に言ってきた。

「何が知りたいんだ？」

〃どうしても知りたいことは特にないな。だからおまえが助かるかどうかは、おまえが何を持っているのかに掛かっているな——どうだ？〃

傲慢《ごうまん》きわまりない。まるで、バーゲンセールの値引きが二割引なら買わないけど、三割引なら考えるとでもいうような態度であり、その値段というのはこの場合、隆の生命なのだ。彼の人生は今や風前の灯火だった。しかし逃げられるとも思えない。

どうしようもない——そうとしか思えない。

だからこのとき、隆に採れる道はひとつしかなかった。

「——ドーバーマンが関心を持っていたあの船、攻撃したのはフォルテッシモだそうだ。だがそのことをドーバーマン自身は知らなかったし、今もわかっていない」

彼は、ためらいなく、彼がこれまで聞いてきた情報の中で、最も統和機構に於いて重要度が高そうな話を真っ先にした。

持っているものをさらけ出す。それしか道はない。

〝ほほう、それで？〟

「炎の魔女というのは、港でドーバーマンが戦っていた相手で、そいつが船から降りてきているところを俺たちは見ていた。ドーバーマンは後先《あとさき》考えずに攻撃しちまったが、反対にやられた——少なくとも、ドーバーマンよりは強いヤツってことになるな。だが連中が戦っている間に船は港から出て行っちまった。しかし実は、その寸前に三人組の連中が船に乗りこんでたんだよ」

隆も、この辺の事実関係の整理はまったくついていない。だから彼は無理にわかっているフリもしなかった。ただ見たことをそのまま言うだけだ。

〝ほう——そいつらは何者だ？〟

「知らない」

〝知らないのか？　そいつは困ったな。だとしたら、おまえには大して価値はないことになるんだぞ〟

「見たのは、俺だけだ。ドーバーマンも炎の魔女も見ていない。そいつらの特徴や顔も、知っているのは俺だけだ」

彼は淡々と喋っている。差し出せるものを相手に全部出すしか選択肢《し》がないので、むしろ清々しいくらいに割り切れていた。

だが――その落ち着きが何に支えられているのか、それだけは決して言うつもりはなかった。

それに、どうせ信じまい――夢で見た忠告に従っているのだ、などということは。

〝ふうん……なるほど〟

トラス・アトラスの、六つの声のひとつがしみじみとうなずくような調子で言った。

〝なかなか面白そうな話ではあるようね、確かに〟

〝そうか？　少なくとも、リセットはあまり重要視していないみたいな感じだぜ。大したことないんじゃないのか〟

〝単細胞のあんたには、裏で起きていることを察する、なんて芸当はできなくても無理ないけどね――〟

〝なんだと？　俺がなんだって？　もう一度言ってみろ〟

〝やめろ、二人とも――曖昧な情報で不用意に踊らされるんじゃない〟

〝しかし、あのドーバーマンがそいつら相手にしくじったのは事実だ。ただの雑魚《ざこ》とも思えないな〟

声がなにやら言い争いを始めた。隆がいるのに、そんなことはまったくお構いなしのようだ。

〝フォルテッシモのヤツは、ありゃあダイアモンズの残党を狩っていたんじゃないの？　だと

したら今さら、誰も残ってやしないわよ。みんな片づいたに決まってるわ〃
〃そうとも言い切れないから、ヤツもこんなところまで来ていたとしたら？　忘れたの？　あの組織にはパールがいたのよ〃
〃パールか……あいつだとしたら、これは侮《あなど》れないな〃
〃しかし不確定の要素が多すぎる。こんなことに我々全員でかかってはいられないぞ〃
〃だったらよ——入れ込んでるヤツに責任とってもらおうじゃねえか、ええ、サウス？〃
〃はっ、かまわないけど——こいつが大当たりだったら、全部私の手柄にするわよ。それでもいいの？〃
なにやらおかしな雲行きになってきたようだ。隆はその声の話していることは全然理解できなかったが、それでも注意深く耳を澄ませていた。
〃本気か？　ならば止める理由はないが——しかし慎重に行けよ。何かありそうだったら、すぐに知らせるんだ〃
〃馬鹿にしてんの？　それともあんたも臆病なの？〃
挑発的な言葉に、しかし言われた方の男は静かに、
〃そうだ。臆病で、引っ込み思案だよ——だから俺たちは生き延びてこられたんだ。それを忘れるなよ〃
と冷静に応えた。これに言われた方は、ふん、とかすかに鼻を鳴らして、

〝わかってるわよ——油断はしないわ〟

〝ではその手がかりはおまえに任せる。始末するなら目立たないようにしておけよ〟

〝ははっ、大丈夫かぁ？〟

と言った。

と、からかうような調子の声がして、そして次の瞬間、

「うるさいわね——方針は決まったんだから、さっさと失《う》せな」

という、やけに明瞭な声が隆の左隣から聞こえてきて、そしてそっちの方を向いたら、そこには——一人の女が腰掛けていた。

まるでずっとそこに座っていたかのような、いつからそこにいたのかわからない自然さで、普通にそこにいた。茫然としている隆の視線を、なんということもなく受けとめて、

「ふん——」

と隆を、冷たく蔑《さげす》んだ眼で見つめ返してきた。

歳の頃は十八、九という感じで、つまり子供ではないのだが、といって大人にも見えないという、そういう印象である。細くて切れ長の眼に人形のように整った顔つきで、黒い髪にブロンドのメッシュを入れている。派手なのだろうが、しっくりと周囲の日常生活の背景に溶け込んでいるようにも見える。

「——あなたが、その……トラス・アトラスの〝サウス〟——さん、ですか？」

隆はおそるおそる、そう呼びかけた。すると彼女は、薄い唇の口元をにやりと歪めて、

「まあ、洞察力はあるようね――でも、私のことは〝トラス・サウス〟って呼ぶように。わかった？」

と命令口調で言った。そして、特に噛んでいた素振りもなかったその口から、ぷうっ、と風船ガムが膨《ふく》らんで、ぱちん、とはじけた。

隆は、おそるおそる周囲を見回した。するとトラス・サウスが、

「もういないわよ、他の奴らは。おまえの管理は私に一任されたって、聞いてたでしょ？」

と、やっぱり口の中にガムがあるとは思えない、なめらかな発声で言った。

「は、はあ――」

隆がどう反応していいのか迷っていると、電車ががたん、とやや大きく揺れた。減速に入ったらしい。駅が近いのだろう。

「で――隆くん、あんたが知っていることで、謎の連中の行き先の、はっきりとした目星《めぼし》はつけられるのかしら？」

「いや――そこまでは、まだ」

「あっそ、じゃあ現場に戻らないといけないってわけね。面倒くさいけど、ま、しゃーないか……」

ぷうっ、と再びその口元で風船ガムが膨らんだ。

5.

谷口正樹と織機綺が凪と会えたのは結局、夜もかなり遅くなってからだった。

健太郎に半ば強引に丸め込まれた綺はやむなく帰宅して、ひとりでずっと待っていたのだが、ほんの少しうとうとしてしまって、そして眼が醒めたらもう、凪も帰っていたのだった。

「…………」

疲れ切っているらしく、ベッドで死んだように寝ている凪を起こすこともできず、綺はまだ凪を探していた正樹を呼び戻したのだった。

正樹は飛んできた。

「どんな具合なの？」

正樹は開口一番にそう訊いたが、綺もよくわからないので、

「と、とりあえず怪我とかはなくて、元気は元気みたいだけど——」

と答えるしかない。

「ずっと寝てるの？」

「だって、起こすのも悪いし……」

「うーん、何をしていたんだか知れないしな……今は休んでる方がいいんだろうし」

二人して、マンションのリビングルームでうんうん唸《うな》っていると、マンションの電話が鳴った。二人してびくっ、となって、綺はあわてて受話器を取る。

「はい、もしもし、霧間です」

綺がそう言うと、受話器の向こうから男性の声で、

〝ああ、君が織機さんか〟

といきなり言われた。綺は驚いてしまって、

「あ、あの、どちら様ですか？」

と引きつった声で訊き返す。すると相手は落ち着いた調子で、

〝私は凪の父親です。いつも娘がお世話になっています。ルームメイトのあなたのことは話に聞いていますよ〟

と言った。綺は一瞬、相手が言っていることが理解できなかった。

（ど、どういうこと？　だって凪のお父さんの、作家の霧間誠一ってとっくにお亡くなりになってるはずで――）

しかしすぐに、はっ、と気がついた。目の前の正樹を見て、凪の現在の境遇を思いだしたのだ。

「……そ、それじゃあ――えと、谷口さん、ですか？」

そう、戸籍上では凪には、実母の再婚相手である、義父がいるのである。仕事の都合で外国

にいるはずだから、これは国際電話であろう。

〝はい、娘はまだ旧姓を名乗っているでしょうが、れっきとした父親ですよ〟

谷口氏がそう言ったところで、話を聞いていた正樹が受話器をひったくった。

「——親父かよ？」

やや強い声でそう言う正樹を見て、綺は少し戸惑った。そんな彼の横顔をこれまで見たことがなかったからだ。実の家族を前にした正樹のことを彼女は初めて見るのだった。

〝ああ、おまえもいたのか正樹〟

「いたのか、じゃねーよ。どうかしたのかよ、親父が凪のところに電話を寄越すなんて——なんかあったのかよ？」

〝おまえな、仮にもお姉さんに向かって呼び捨てはないだろう〟

「し、しかたないだろ、そう呼べって言われてんだから——そんなことはどうでもいいだろ。なんの用なんだよ？」

〝ああ、凪がどうしているのか、母さんが気にしていてな。様子を知りたくて。今はどうしているんだ？〟

「母さんが？　……い、いや別に、姉さんは寝てるけど——疲れてるみたいだから、起こしたくないんだけど。こっちは今、夜中なんだぜ」

〝そうか、じゃあ後でまた掛けるから——いや待て。母さんがおまえに話したいらしい〟

「え？」

〝もしもし、正樹さん？〟

電話口の相手が女性の声に変わった。

谷口鏡子《きょうこ》。茂樹氏の妻であり、かつては霧間鏡子でもあり、最初の姓は長谷部《はせべ》鏡子といったらしい——今は正樹の義母である。

「あ、ああ——何？」

父と比べると、やはり正樹の彼女に対しての言葉遣《づか》いはややぎこちない。

〝正樹さん、凪は——あの子は最近、何か変なことを言ったりしていないかしら？〟

彼女の声は不安そうに震えている。以前から正樹は、このおとなしいタイプという感じの義母と、あの強気な凪との性格のギャップにとまどっている。正樹の見る限りでは、この二人はほとんど接触がなく、会ってもほとんど話さない。仲が悪いのか、互いに敬遠してしまうような気まずい空気がある。血のつながった実の母娘《おやこ》なのだが……。

「いや、別にそんなことはないけど——」

と言いながら、正樹は綺にうなずきかけて、同時に電話の音声を彼女にも聞こえるように外のスピーカーにもつないだ。

〝寝言とかでうなされたりしていない？〟

「どういうこと？」

〝変な夢とか見たりしていないかしら……たとえば、その……魔女がどうした、とか言っていないかしら〟

思わず正樹は綺と目を合わせてしまうが、しかしこの人は、炎の魔女という凪の綽名のことは知らないだろう。あれはどちらかというと、不良少女扱いされている彼女に対しての、陰口に近い呼ばれ方だからだ。

「ええと、そういうことはないと思うけど……」

いちおうそう言っておく。しかしそれでも彼女は不安そうに、さらに不思議なことを言った。

〝ヴァルプルギス〟

「……え？」

〝そう、そんな風な言葉とか、呟いたりしていない？〟

何を言っているのか、正樹にも綺にも見当もつかない。この人はいったい、何を心配しているのだろうか。

「えと、母さん？」

〝ああ、ごめんなさいね……よくわからないわね。でも大事なことなのよ。私は、てっきりあいうことは終わったと思っていたんだけど……もしかすると、あれは私じゃなくて、あの子に移ってしまったんじゃないか、って……ほんとうに変なことはないの？〟

話は全然見えないが、それでも彼女が本気で娘のことを案じているらしいことだけは、これは切迫した声の響きから察せられた。
「今は、ないと思うけど……どうかしたの、なにか心配になるようなことでも？」
〃いえ……なければいいんだけど、なければいいんだけど、ね――あの子、病気だったりしたから、もしかして再発とかしていないか、って――〃
「うん、気をつけておくよ。姉さんに変な様子があったら、すぐに連絡するから」
〃お願いね、正樹さん――あの子を助けてやってね〃
すがりつくような調子で言われて、正樹は少し背筋が寒くなるのを感じた。もっと詳しく訊きたいと思ったが、ここで電話は父に代わった。
〃そういうことで、しばらく姉さんのことを頼むぞ。近い内に帰れると思うが、それまではおまえがしっかりしてくれ〃
「あ、ああ――それはいいけど……」
〃ああ、そうか。学校の方には私から連絡を入れておく。家の事情でしばらく寮から出させてくれとな。出席日数は足りてるよな？〃
いきなり日常的な話になったので、正樹は面食らったが、しかし父からすればそれは当然のことなのだろう。
「あ、ああ……真面目《まじめ》にやってるけど――」
〃なら平気だろう。それじゃ頼むぞ。織機さんにもよろしく言っておいてくれ〃

そう言われて、そこでこの国際電話は切れた。

「…………」

「…………」

正樹と綺はしばらくぼんやりとして、互いを見つめ合うことしかできなかった。しばらくしてから、正樹が、

「……どう思う？」

と綺に訊ねかけてきた。

「わ、わからない、わ……」

綺も不安そうに首を左右に振ることしかできない。

「羽原さんの方は、なにか言っていなかったのか？」

「い、いや……でも、そう言われると、なんだかごまかされたような気も……」

綺がもじもじしていると、正樹はさらに詰め寄るように、

「二人が今、何をしているのか、思い当たることとかないかな？」

と質問してきた。そのまっすぐな表情に、綺はつい、

「そ、そう言えば——〝村津隆〟って人のことを調べているみたいだったけど——」

と、言うつもりのなかったことを口にしてしまっていた。

＊

「…………」

薄暗い病室の天井を見上げながら、横たわっているラウンダバウトは、眠れなかった。もう夜も過ぎて、空は白々と明け始めているので、カーテンの隙間から光が射し込んできている。

手術で塞《ふさ》いだ胸の傷が痛むが、それほどの苦痛ではない。麻酔もそれなりに効いている。この程度の痛みならば慣れっこだから、それで寝付けないということはない。

頭の中で、様々な想いがぐるぐると回っている。

そしてその中でも特に気になるのは、自分を助けてくれた、あの霧間凪という奇妙な人物のことだった。

（あの人は……どういうことなんだろう……）

その正体も目的も、彼女はびっくりするくらいに簡単に教えてくれた。だから謎ではないのだが、しかし……ラウンダバウトにとっては不思議でしょうがない。

（もしも、自分が同じ立場だったら、僕はあの人を助けただろうか……いや、助けられないだろう。疑いを消しきれずに、そのまま見捨てることを選択しただろう……）

話をしてみたら、凪はラウンダバウトが忠誠を誓う主人の九連内朱巳《くれないあけみ》の、どうやら知り合いのようだった。言われてみれば、炎の魔女という人物のことを朱巳から聞いたこともあった。クールな主人が珍しく〝あいつは、ホンットに変わった女だからさあ〟と親しみを込めてその名を呼んでいたことを想い出す。だからラウンダバウトとしては、今まで共に行動していたピート・ビートが姿を消してしまった上、混乱した状況のため朱巳と連絡が取れず、その指示を受けられない現状では、凪の言うことに従うべきであろう。

だが——そういう現実的な理由とは別に、ラウンダバウトの心の中では不思議に熱い、奇妙な気合いが湧いてきているのを自覚していた。

凪のために何かをしたい——そういう気持ちがあふれてきて、それで彼女はそわそわと、ベッドの上で落ち着かないのだ。

(凪と朱巳を、なんとしても再会させなければ——あの二人が一緒になれば、きっと凄《すご》いことができるに違いない)

そう考えるだけでわくわくしてくるのだ。

「——ふうっ……」

大きく吐いた息が、静まり返った病院の中に響いた。すると少し離れたところから、

「おや、眠れないのかな?」

という声が聞こえてきた。そして彼女を治療した釘斗博士がベッドの側までやってきた。ここは博士の研究室の中であり、彼はそのまま徹夜でなにやら研究を続けていたのだ。

「睡眠薬でも打つかい。痛み止めは効いているのかな」

「あ、いえ――大丈夫です」

凪の仲間ということで、ラウンダバウトも素直に返事をする。

「少し興奮しているみたいで――でも、問題にするほどではないので」

「冷静な自己分析だね。君も戦闘のプロなのかな」

言いながら博士は、ラウンダバウトのベッドの脇の照明をつけて、

「少し、話をしてもいいかな」

と言ってきた。

「なんですか」

「君は統和機構から逃げ出したそうだが――地位はどの辺の位置にいたんだい。上の方とは接触があったのかな」

「いえ――下っ端《したぱ》だったから、生死不明にして脱走してもそれほど追及されなかったんですよ」

「なるほど、そういうものかね」

釘斗博士はうなずいた。それから少し声をひそめるようにして、

「ところで――君は統和機構にいて、その存在をどのように感じていたのかな」

と質問した。

「え？」

ラウンダバウトは何を訊かれたのかわからず、きょとんとした。

「つまり、だ——世界を覆い尽くすようなシステムというのは、いったいどんなものなのか、それに属していた者としての印象を知りたいんだよ。憎かったのかな」

「いや——そう訊かれても……」

正直、彼女は自分にはできない任務を押しつけられたので、それから逃げ出しただけであり、統和機構そのものを憎んだことは、実はあまりない。

「……そういう個人的な感情を、あまり持てないようなところでした」

「自然環境のように？　たとえば雪崩《なだれ》で死んだ者の家族も、緩《ゆる》い監視態勢や救助活動の不備は責め立てても、雪山そのものに対しては憎しみを持てない、というような——そんなところなのかな」

「そう、そういう感じ——」

ラウンダバウトは答えつつも、どうしてこの博士はそんなことを訊くのだろう、と思っていた。なんだか意味のない問いかけに思えたのだ。

「なるほど——」

釘斗博士は何かを確認したかのように、満足げに微笑みを浮かべていた。

6.

村津隆が話した、その船に乗り込んだという怪しい連中の特徴の中に、トラス・サウスは思い当たる節《ふし》があった。

「その小さい身体で、髪の毛が逆立っているみたいなヤツって、そいつ——もしかしてダイアモンズのジィドって男じゃないの？」

「俺は詳しくは知らないけど、ダイアモンズが関わっていたのは事実だから、きっとそうなんじゃないか」

「曖昧な話ね——まあしょうがないけど」

トラス・サウスはため息をついた。そして村津隆に、

「そいつにもう一度会ったら、それとわかる訳ね？」

「ああ。それは自信ある」

隆は、実はそれほど鮮明に観察できた訳でもなかったが、ここは平気な顔で嘘をついた。判別できない、とも思わなかったからだ。

「とにかくそいつだけは、やたらに船を調べていた。あれは思うに、船に何か仕掛けをしていたのかも知れないな」

「どういうこと？」

「だから、一緒にいた奴らをハメて、船もろとも連中を沈めようとした、とか」

「自分もろともに？　話に聞くジィドは、自己犠牲とかには縁遠いタイプって噂だけど」

「じゃあ自分だけ、寸前に逃げたとか」

口から出任せで適当なことを言っているつもりの隆は、まさかそれが、そのものズバリ的中しているとは全然思っていなかった。深く考えもしていない。まるで口が勝手に、何かに操られているかのようだった。

「——ふうん」

そしてトラス・サウスの方は、その説の信憑性《しんぴょうせい》を彼女の知識の範囲内で検討して、当然の結論に至る——真実なのだから、可能性が高いと思うのは当然だった。

「あり得る話ね。だとしたらジィドは、まだその辺に隠れているのかも知れないわ。あんた、調べてよ」

「俺が？」

隆は少し嫌な顔をしたが、これにサウスは容赦なく、

「見ればわかるんでしょ？」

と冷ややかに言った。

二人は今、ドーバーマンが港を監視していた小高い公園にいる。夜通し、隆はずっとサウス

に質問責めにされて、知っていることは洗いざらい話した後である。ドーバーマンが海から出てきたときの話では、サウスは大笑いしたものだ。こいつらには仲間に対しての連帯感とかはないのだな、と隆はあらためてそう思った。

「しかしな、俺には戦闘能力はないんだよ。単独で相手に出くわしたら即やられるだけで、あんたに報告できないぜ」

「ふん、使えねーヤツ。——まあいいわ。少し休憩もかねて、そこらの店にでも入ってメシにするわよ」

　サウスはさして怒った様子もなく、公園の隅に停めてあった車に乗り込んだ。隆もあわてて助手席に乗る。この車は駅前の駐車場にあったものだが、サウスはエンジンを掛ける際にキーを差し込んでいない。盗難車なのだろうが、どういう能力でドアロックを開けたりエンジンに点火しているのかはわからない。

（特殊能力——こいつらは全員、それぞれに特別な力を持っているってことか）

　ならばトラス・アトラスというあの謎めいたチームは、単一の能力ではなく、六つの能力を組み合わせて特殊な効果を出しているのかも知れない、と隆はふとそう思った。

　海沿いの道を少しばかり走って、車は近隣にあったドライブインを兼ねているような、二十四時間営業のレストランに入った。

　サウスはどんどん勝手に歩いていってしまうので、隆は意見を言う暇もなくついていくしかない。

「いらっしゃいませ——」

というバイト店員の疲れた声が二人を出迎えた。この早朝に勤務している者は、今はまさに深夜シフトの終わりの時間帯で、疲労はピークに達している。

夜通し立ちっぱなしだった店員が、隆たちの席にふらふらしながらやってきて、ご注文はお決まりですか、とかすれた声で訊いてきた。

サウスはサーロインステーキBセット、とこんな時間にはほとんどあり得ないようなものを注文し、隆はサンドイッチとコーヒーを頼んだ。

店員は注文書にそのオーダーを書き込もうとして、そして——自分でもどうしてそんなことをしたのかわからない内に、その紙の上に奇妙な記号を書き込んでいた。

それは数時間前に、このレストランに来ていた客の一人が書いていた落書きだった。ちら、となんということもなくそれを見ただけの彼は、どういう訳か今、その複雑なシンボルを正確に再現していたのだった。

少女と、小男と、そして本当は入店禁止なのだが、おとなしそうだったので黙認したペットの犬と——あの奇妙な連れが印していったその記号を〝黄泉から戻りしものの刻印〟と知る者は、この世界にほとんどいない。

＊

（……ん？）

トラス・サウスはその店員の奇妙な素振りに目を留めた。注文書を書いていた彼は、はっ、と我に返ったようになり、あわてて注文書を書き直していた。

そして動揺したままに、注文書の控えをテーブルに置いて、そそくさと立ち去った。

（なんだ……？）

ちらり、と見えたその紙には、なにやら奇妙なマークが書かれていたようにも感じた。

「おい、隆——その紙を取ってみろ」

サウスがそう命じると、隆は「は？」と怪訝《けげん》そうな顔になった。

「なんで？ 俺に払えってこと？」

「いいから、そいつを手にして、表側を見せろ……！」

サウスはその警戒と緊張を露わにして、鋭い口調でさらに命じる。

彼女は合成人間である。常人では計り知れない、異様にして奇怪な戦いを数多く経験している。その中には、とてもそんなものが危険とは思えないような、かすかな兆しが決定的な一撃につながるものも少なくない。たとえばバーゲン・ワーゲンという合成人間の戦闘チームは、一匹の蠅《はえ》を中継点にして、人間を瞬殺《しゅんさつ》する攻撃ができたらしい——なんということないただの蠅が側まで寄ってきたときには、もう手遅れなのだ。

（そのバーゲン・ワーゲンさえもこの前、全滅したという話だ——どれだけ警戒しても、しすぎることはない——）

サウスの厳しい眼光にさらされながら、隆はややふてくされた態度で、その裏返しに置かれていた紙を、くるっ、と表にした。

しかし——そこには特に怪しいマークなどは、何も書かれていなかった。ただ注文した料理の略称が印されているだけだ。

「…………」

サウスはじろじろと油断なくその紙を観察した——だが、なんの異状もそこには見出せなかった。

（……気のせいか）

サウスは心の中でそう納得しかけて、視線を紙から外した。

「気がすんだか？　何をピリピリしてんのか——」

隆がひらひら、と紙を揺らしながら言ったので、サウスは顔をしかめて、

「うるさ——」

い、と言いかけた言葉が途中で停まった。表情が強張った。

(なにっ……?!)

その視線の先には、あのマークがあった……それはテーブルの上に書かれていた。しかし一瞬前まで、そんなものはそこにはなかった。

「おい、これ——」

と隆の方に一瞬だけ視線を移して、そして戻したときには——マークの位置がまた変わっていた。

彼女の方に、じわじわと近寄ってきている——テーブルの表面にくっきりと書かれた紋章だけが、まるでシールを張り替えたかのような鮮明さで、ずれている——。

「あ?」

と隆は、きょとんとした顔になっている。こいつには、このマークが見えないのか……とサウスが感じて、その確認のために視線が外れていた瞬間に、またしてもマークが移動していた。

間違いなく——サウスの方に接近しているのだ。

(こ、こいつは——なんだ? しかしなんだかわからないが——)

危険だ、と本能的に全身が反応していた。それがなんなのか見極めるよりも先に、この理解不能の現象を前にしてサウスは動いていた。

その口元から、ぷうっ、と風船ガムが膨らんだ——いや、それは正確にはガムではなかった。見た目はガムにしか見えないが、それはサウスの唾液《だえき》が変化した物質であり、彼女の特殊能力の産物であった——トラス・アトラスの中でも彼女が担当するのは〝破壊〟——相手を問わずに、ただエネルギーを放出するのみ——それを、

（ぶっ放す……！）

彼女は体内で、常に破壊の波動を生成し続け、蓄積している。それを一気に凝縮《ぎようしゆく》して、そして弾けさせるとき——周囲には恐るべき大爆発が生じるのだった。

彼女自身は、その波動に反発する波動を同時に全身に走らせるため、一切のダメージを追わないが、その爆裂は彼女の周囲、半径二十メートルほどの空間にあるものを残らず粉砕し、消し飛ばしてしまうのだ。

あり得ない大きさに、一瞬でガムが膨らんで、その表面に亀裂《きれつ》が走ったかと思うと、次の瞬間——周囲は爆発の閃光《せんこう》によって真っ白になった。

轟音《ごうおん》と衝撃が辺りを圧して、そして真空になったところに、四方八方から空気がなだれ込んできて、風が荒れ狂った。

（——特に、反撃はない……）

眼を閉じていながらも、トラス・サウスはそのことを確認した。爆発の瞬間にその場から急に離れた者もない——何かが隠れていたとして、確実に仕留めた、と思った。

（まあ、レストランもろともに隆のヤツも殺してしまったが、これはやむを得ないな——）

そう思いながら、彼女は瞼《まぶた》を開いていって、そして——絶句した。

そこに広がっているのは、どこまでも何もない——荒れ果てた大地だった。

（な……？）

レストランを吹っ飛ばしただけのはずなのに、それどころではなかった。

何もない、何もない、なにもない——自然も海も、生きとし生ける者すべてが、その光景からは一切合切、消滅していた。

（な、な——なんだ、これ……？）

そう、それはまるで地球最後の日の光景のような——と茫然《ぼうぜん》としている彼女の背後から、

「ふふっ——」

という笑い声がした。少女の声だった。

「いやあ、ほんとうに簡単よね、あなたみたいな壊し屋の精神って——」

振り向いたその先には、不思議なものがあった。

他のすべてが破壊され尽くされた世界の中で、そこにだけ白い床があって、高価そうなアンティークチエアがあり、その上に、一人の女が座っていた。

微笑みながら、サウスのことを見つめている。

「——き……」

貴様は誰だ、と叫ぼうとしたサウスは、しかし次の瞬間、喉に凄まじい、焼けつくような激痛を感じて、げえっ、と身体を丸くした。そこに女の、容赦のない嘲笑《ちょうしょう》が被《かぶ》さる。

「あははは、駄目駄目。この大気は呼吸できないわ。この〝魔女の未来〟では生物は存在できないのよ。わかる？　わかるわけないか――」

そしてまた、けらけらと笑う。

（な、ななな……）

悶絶《もんぜつ》するトラス・サウスは、その脳裏にはある単語が浮かんでいた。

（な……ま、まさか……これが……ほんとうに……）

「そうね――統和機構では〈俯瞰認識者《オーバースケール》〉とか呼んでいるらしいわね。外しちゃいないけど、でも華がない名称よねえ。それだったら、ちゃんと名前で呼んで欲しいものだわ」

彼女はふふん、と鼻先で笑いながら、指先で空中に、くるくると線を描いた。その紋章《もんしょう》は、あの刻印に間違いなかった。

「……あ、アルケスティス……」

喉を燃やしながら、サウスの口からその名前がこぼれ出た。

（じ、実在していたなんて……いくらなんでも、そんなことが……）

愕然《がくぜん》とするしかないサウスに、その魔女はにやにやしながら、なおも話しかける。

「その、そこに転がっている破片を見てみなさい」

倒れ込んだサウスの、その顔のすぐ側に、小さなガラスの破片が落ちていた。そのきらきらとした表面に、何かが映っている——それは周囲の、この恐るべき滅亡後の世界の風景ではなかった。

（う……）

それは今の今まで、サウスが座っていたレストランの中の風景だった。村津隆もいるし、サウス自身の後ろ姿も見える——位置関係から、彼女が背にしていた窓から中を覗き込んでいるような光景で——いや、そうでなく、

（鏡に映った景色のように——ガラスに映っていた、その世界が——）

その視界も、だんだんぼやけていく。呼吸もできない過酷《かこく》すぎる環境の中で、意識が薄れていく……。

「どっちが真実だと思う？」

魔女は囁くような声で訊ねてきた。

「あの幻のように映っている世界か、こっちの破壊し尽くされた後の世界か——いったいどちらの可能性の方が、本物の〝現実〟に近いのか——どう思う？」

魔女は立ち上がって、そしてびくびくと痙攣《けいれん》をはじめたサウスの側まで近寄ってきた。

「悪いわね、私がヴァルプに届くまで、まだちょっと手間が掛かるのよ。だからあなたに、私の〝端末〟になってもらうことにしたわ。でもこれは、あなたの自業自得でもあるのよ——いきなりぶっ放すのは、やっぱり感心しないわ。あなたの殺意がもたらした結果なのよ、これは。自分の意志が、自分に返ってきただけ——私とこうして〝つながる〟ほどの敵意を向けてくるから悪いのよ」

彼女の語る論理は、奇妙なものであった。

それはなんだか、インクの染みを乱暴に拭き取ろうとすれば、逆に汚れが自分についてしまって、しかもこびりつくとでもいうような、そんな話にさえ受け取れる。

彼女を象徴する紋章を攻撃することは、即ち、彼女の領域に自ら足を踏み入れることになるのだ——と。

この領域——この〝魔女の未来〟というのは、それは二人の魔女が戦い合い、殺し合うというその可能性の先にあるものなのだろうか？

それとも……

（せ、世界は実は、とっくの昔に滅びていて……私たちは、実はこの魔女たちが見ている夢の中のイメージに過ぎなかった、と……でも……いうの……）

サウスの思考はどんどん霞んでいって、やがて消えた。

（あ……？）

村津隆は、一瞬自分が何を見ているのか理解できなかった。

レストランの窓から展望される景色が、なんだか異様なものに——完全に死滅した荒野に見えたのだ。

すると次の瞬間、ぱちん、と目の前のサウスが膨らませていたガムが小さな音を立てて弾《はじ》けた。

はっ、と思わずそっちの方を見て、そして眼を戻したときにはもう、窓も普通のものに戻っている。

「…………」

錯覚か？　しかしそれにしては、なんだかやけに鮮明に見えたような気がしたのだが……睡眠不足で頭がぼんやりしているのだろうか。

（いかん、今はぼーっとしている場合じゃ……）

とサウスのことを注意深く観察しようとして、おや、と感じた。

「——」

サウスがどうも、無表情な顔になっていた。今の今まで、なんだか変な緊張があったのだが、それが綺麗さっぱりなくなっている。

「えと……この紙は、もういいのか？」

言われてひっくり返した紙を、またひらひらとさせてみる。するとサウスは無表情のまま、

「ああ——もう、いい」

と、どこかぼんやりとした口調で言った。

隆は自分もその紙に視線を落として、あれ、と思った。そこには何やら奇妙な落書きがされていることに、はじめて気づいたのだ。

「あれ？　こんなもの書かれていたっけ」

思わずそう呟くと、サウスは、

「書かれていたが、見えなかった——そういうこともあるだろう」

と、やはり焦点の合わないような声で言った。

「——気にしてたんじゃないのか？」

「それはもう、終わった。……永遠に」

素っ気ない——いや、それはむしろ機械的な声ですらあった。

「…………」

隆が思わず、急に様子の変わってしまったトラス・サウスを見つめると、彼女は、

「食事を摂ったら——すぐに出よう。探索を先に済ませておかなければ——」

と言った。

「先？　なんの」

隆が訊ねても、もうサウスは一切の返事をしなかった。答える必要はない、とでもいうように。あるいはもう、答えることができないかのように。

7.

……そしてそのレストランで、数時間前に食事をしていたパール、ジィド、モンズの一行は、今は高速道路をひた走る車の中にいた。

「しかし、高飛びするのはいいが、いったいどこに向かっているんだ？」

助手席のジィドがややイラだった声を出した。

運転しているパールは、今は初老の女性の姿をしている。誰が見ても上品そうな婦人、という感じであるが、その運転する姿勢はまるでF1ドライバーかと思うような正確さだった。

「さあね、どこに向かっているのかは、私も知らないわ」

投げやりな口調で、パールは言った。姿形《すがたかたち》は変えているが、声は元のままの少女のそれなのでなんとも異様である。

「今はただ、あんたが書いたあの紋章が指していた方角に向かっているだけよ」

「あ？　なんだそりゃ——意味がわかんねーんだが」

「意味なんて、私にだってわからないわよ——あんたがどっかで〝アルケスティス〟に触れたってこと以外は、ね」

「だから、何度もその奇天烈《きてれつ》な名前を言ってるがよ、そいつはなんなんだよ？　俺様にゃさっぱりだぜ？」

ジィドが困惑気味にそう言うと、パールはため息をついて、

「それは、統和機構でも、限られた者たちにだけ伝わっている、伝説のようなものよ——ずっとずっと昔から、この世界を裏から監視している魔女がいる、っていう」

「世界を裏から監視しているのは、統和機構だろうが」

ジィドのもっともな指摘に、パールはうなずきつつも、

「そう、だからこれは一種の責任転嫁の気持ちから来る、ただのヨタ話だって思っていたわ。自分たちよりもあくどいヤツがいるって、そう思いたいだけの連中が流した、つまらない噂に過ぎないって、そう考えていたわ。……あんたが私たちの目の前で、あの紋章を書くまではね」

「おいおい、ありゃただ単に、適当に、考えなしでペンを動かしていただけのことだぜ？　何らかの記号に似ていたとしても、そりゃ偶然の一致だよ」

顔をしかめて首を振るジィドは、とにかく理解に苦しむという表情である。だがパールはまったく、とりつく島もなく、

「あんたがそうやって全然、不自然に感じられないところが、ますますやばいのよ」

と断定するだけだった。

「そいつはさながら、伝染病のようだとも言われている——触れた者から触れた者へ、ずっと一箇所に潜伏していたと思うと、突然発現する。人から意志を奪い、己の思うがままに導く——そいつにだけは気をつけろ、と言われるけど、でも注意のしようがないのも事実で、自分の影に怯えるようなもので——どこまで行ってもついてきて、けっして消せない。そう——」

パールはちら、とジィドの方に視線を向けて、そして舌打ちしながら、

「あんたの、その横の窓に書かれている数字はどこから思いついたの？」

と訊いた。ジィドは虚をつかれて、ぽかん、となったが、横を見ると確かに、車のウィンドウに彼の指でなぞったと思われる線がうっすらと浮かんでいて、それはどうやら数字の羅列《られつ》のようだったが——

（……こんなもの、いつ書いたんだ？）

自分でもそれが思い出せなかった。しかし筆跡からして彼が書いたとしか思えない。

「そいつは——座標ね。私たちが行くべき場所の指示がされたってところだわ」

パールは、ふん、とやや不機嫌そうに言いながら、さらにアクセルを踏み込んで車のスピードを上げた。

「……なあ、なんなんだよ？　俺様に、なにか怪しげなもんでも取り憑《つ》いているってのか？」

さすがにジィドが気味悪そうにそう訊いたが、これに後部席のモンズが、わふふ、と笑うよ

うな唸り声をあげた。馬鹿にされたように感じて、む、とジィドは犬を睨みつける。そこにパールが割って入って、

「ああ、そうね――でもそれはもう、私たちも同じことで、きっと世界中のみんながそうなのよ。みんながみんな、既に取り憑かれてしまっている――」

と投げやりに、ぼやくように言った。

「――そう、私だって、そいつの話を聞かされていたという時点で、きっと取り憑かれている。そいつのことを言ったり、考えたりしている時点で、もう私たちはきっと、魔女の手の内に落ちているんだわ。統和機構でも、限られた一部にだけ噂が流れていたのは、きっと――その段階で」

ぶるるっ、とパールの肩がわずかに、だがはっきりと震えた。それは恐怖によるものだった。

「たぶん、そんな話に興味を持ちそうな、私みたいな跳ねっ返りのはぐれ者を利用しようって、そういう狙いがあったから――かも知れないわ」

パールが怯えているのを悟って、ジィドは眼を丸くした。彼にとってそんな彼女を見るのは初めての体験だった。

だが――怯えながらも、その眼光から力が失われていないのも感じ、彼はますます、

「――なるほど、それであえて、虎穴《こけつ》に飛び込もうって訳か。そのとんでもねえ魔女とやらを利用してやろうって胆《はら》だな？　さすがだぜ。どんな相手にも決して退かないな」

と、パールに対しての尊敬の念をさらに深めた。

変な誉《ほ》められ方をされたパールは、ちょっとだけ不快そうな顔をしたが、

「そういうことを考えても無駄なんだけどね——あんたはその楽天的なところが強味なんでしょうね」

と、うっすら笑いながら呟いた。そう、どうせどう考えようと一緒だ、とでも言うように。

彼女には一瞬だけ、見えていた——ジィドが窓に数字を書いているところを。そしてそのときに窓に映っていた光景を。

世界が終わってしまった後の、その無限の荒廃を。

（あれが終点なのか、それとも——）

彼女はなおも車を走らせる。空港に向かって。その暗闇に満ちた未来へと自分を導いている運命に向かって。

chapter five
<the shade>

『人は多かれ少なかれ、他人の影の中にいる。それを嫌って、さらに大きな影をつくり続けている』

――霧間誠一〈理不尽の構造〉

1.

……それは遠い昔の、ごくありふれた食卓の光景であった。父と娘が、二人で向かい合って食事を摂っている。

「なあ親父、もっとカンタンな本とか書かないの？」

「な、なんだよいきなり？」

「だって読めねーよ、あんなコムズカシイことばっか書いてある、字だらけの本なんて」

「うーん、そうはいうけどな、凪。あれでも僕としてはできるだけわかりやすく書いているつもりで」

「もっと楽しいことを書きゃいいんだよ。その方がウケるんじゃねーの？」

「楽しいことか――なるほどね」

「……なにニヤニヤ笑ってんだよ？　気持ち悪い」

「いや、僕にとっての楽しいことは、こうして娘とおしゃべりすることに尽きるな、と思ってね」

「なんだよそれ？　もっとこう、色々あんだろーよ」

「いやあ、ないなあ。あと弦《げん》と話してても楽しいけどね」

「榊原《さかきばら》先生とか、オレとか、どうにも身近すぎんだよ。スケールが小さいよ。もっと大きく夢を持ちなよ」

「ははは、それはそうかもな……でもね凪、世間の人たちって意外と、自分が一番楽しいことがなんなのか知らないもんなんだよ。だから僕も、その人たちに楽しいことを伝えたくても、なかなか難しいんだ」

「知らないってなんだよ。そんなことないだろ。じゃみんな、なにを楽しいって思ってんだよ?」

「別の誰かに、これが楽しいだろうって言われたことを、だよ」

「その誰かってのは、誰だよ?」

「誰でもない。とにかく以前の誰かだよ。あんまりみんな、その辺のことは確かめないのさ。自分が今、どうしてこんな風に生きているのか、それを決めた始まりがどこだったのか、知らないで平気で生きている。自分が、ほんとうは何が楽しいと感じるのか、それを大して考えることもなく」

「……いちいち考えねーだろ、そりゃ。難しくないから楽しいことなんじゃないか?」

「そうだな、考えるというのは少し違うかもな。だが感じることをやめているのは、これは確かだよ」

「感じることをやめて——って、そんなことあんのかよ?」

「凪——ひとつ言っておく」

そうして少し姿勢を正して、こちらをまっすぐに見つめ直して、彼は娘に静かな口調で言った。

「心が感じるものを、大切にするんだ——生きていくのは、つらく、苦しく、人は弱い。せっかく感じられた正しいことも、片端《かたはし》から世界によって否定されていく——だからみんな心を押し潰して生きていくしかなくなるが、しかしそれでは人が生きている意味がなくなってしまう……」

彼は、やや茫然としている娘に、真摯《しんし》な表情で語りかけながら、うなずいてみせる。

「たとえ世界がどんなに揺れ動こうとも、その中で揺らぐことのない心を持つんだ。それだけがきっと、おまえをほんとうに守ってくれるものになる——僕は、きっと間に合わないだろうから……」

そのときの言葉の意味を、少女はそのときにはわからなかった。

だが……しばらく経ってからやけにそのときのことを思い返すことになるのは、この少し後で、父親が死んでしまったからだった——謎めいた言葉の意味を教えてくれることなく。それから少女は、ずっとその意味を考え続けているが、しかし——。

（……今でもよくわかんねーよ……）

＊

眠りから覚めたとき、凪は時折その頬に涙の跡を感じることがある。

（…………）

瞼を開ける前に、ぐいっ、と手で乱暴に拭《ぬぐ》うが、もちろんもう乾いていて、汗ばんだ皮膚をこするだけだ。

手を眼の上にのせたまま、彼女は「ふうっ」と息を吐く。自分がどんな夢を見ていたのか、凪は考えない。考えなくても、だいたいわかる——そう思う。

そして跳ねるように起きる。空は明るいが、時刻はまだ午前五時という早朝である。

寝室からリビングに出ると、綺が座っていた椅子から立ち上がって、

「お、おはよう凪」

と少し焦ったように言った。凪は眼を丸くして、

「起きてたのか？　どうかしたの」

と訊いた。綺は、ううん、と首を横に振ったが、彼女の顔に浮いている不安そうな表情は、その内心をまったく隠せていなかった。

凪は肩をすくめてから、綺の方に歩いていき、いきなりその首に腕を絡ませた。

「な、なに？」

「それはこっちの台詞《せりふ》。なにかあったんだろ。言ってみな」

凪は横から綺の身体を引き寄せて、耳元に囁いた。動作はやや荒っぽいが、優しい声である。

「い、いや——そんな……」

綺はどぎまぎしてしまう。しかし凪に訊かれて答えないなんて、彼女にはできない。綺はおずおずと、

「あ、あの……た、谷口さんから電話があったの」

と言った。凪は自分の戸籍上の養父のことを決して〝おとうさん〟と呼ばないので、綺も言い方には気を使わざるを得ない。

「それで？　なんだって」

「最近、凪に変なことはないか、って……お母さんが気にしているって」

そう聞くと、凪は少し眉間に皺を寄せて、

「ああ……まあ、いつものことだよ。大したことじゃない。いつでも心配してんだよ、あの人は」

と頭を軽く振った。どこか突き放したような言い方である。

「凪は……お母さんと仲が悪いの？」

「別にそういうわけじゃないさ。ただちょっと——まあ、話が合わないっつーか」

その態度は、いつもの凪らしくなく、奥歯に物が挟まったような感じである。凪はもともと、実の両親が離婚したときに父親についていった子供である。その父、霧間誠一の死後も、母親には含むところが多いのだろう。綺はそれでも、

「私には、お母さんもお父さんもいないから、よくわからないけど——でも、凪のことはみんなが心配してるわ、それはほんとうに……」

と、上目遣いに凪を見つめながらそう言った。すると凪は少しバツの悪そうな顔になり、

「ごめん綺。そうだね、それはわかってるよ……あんたは優しい娘だねぇ、まったく！」

そう言いながら凪は、抱きかかえている綺の頭をやや乱暴に、くしゃくしゃと撫で回した。

「な、凪ってば——」

「もうホント、あんたは絶対に幸せになんなきゃ駄目。なにがなんでも、ね——正樹のヤツがあんたを泣かせたら、オレがぶん殴《なぐ》ってやるからね。嫌いになったら、いつでもフッちまいな

よ、いいね？」

「ち、ちょっとそんな」

「そういやあ、昨日は正樹と会ってたんじゃないの。あいつ、最近どうなの。また変な癖だして、サボってんじゃないだろうな」

「い、いやあの、その——そんなことは、ない、と思うけど……」

綺がしどろもどろにそう言うと、それを凪は照れていると感じて「ふふっ」と笑った。

「あいつは無茶するヤツだけど、綺が〝やめて〟って言ったらやらないからさ。そのつもりでうまく操縦しろよ」

言いながら、なおも頭をくしゃくしゃ掻き回す。

そして一瞬抱きしめると、ぱっ、と離れた。そのままバスルームへ向かう。

「少しは寝とけよ。今日も学校だろ」

凪の動作には無駄がなく、綺にそう言ったときにはもう、シャワーの音が響き始めている。

「………」

綺はぽつん、と取り残されたような格好になってしまう。

綺は、時々思ってしまう——凪が優しいのは、もしかすると……

（自分は幸せになれないから、私をその代わりに、って……）

でも、そんなのは嫌だ。凪を犠牲にしてまで幸せになりたいなんて、綺にはどうしても思えない。

そのとき、綺の携帯電話が着信した。綺はあわてて出た。

「もしもし、正樹？」

〃ああ、やっぱり起きてたか——姉さんは、今は？〃

電話を掛けてきたのは、昨夜も遅くなってから、ふたたび外に——夜の街へ調査に出掛けていった谷口正樹であった。

「凪は起きて、今はお風呂に入ってるわ」

〃そうか——変わった様子はないんだね。こっちはやはり、怪しい話になってきたよ。問題の村津隆って男は、少し前から行方が知れないらしいんだ〃

正樹の言葉に、綺はごくっ、と唾を呑んだ。

自分も凪のために、何かしなくては——。

2.

（……しかし、何やってんだこいつ？）

あれから村津隆はずっと、トラス・サウスという奇妙な女に振り回されていた。

炎の魔女、という謎の存在を追いかけるはずなのに、この女はそんなものを無視するかのように、無駄にあちこちの街を回っては、何もせずに帰るということを繰り返したのだ。もちろんそれには、隆も付き合わされるのである。

「なあ、何してんだよ？　ただうろついてるだけじゃねーか。調べるとかしないのか？」

と訊いても、トラス・サウスは、

「…………」

とまったくの無言だ。時折その口から風船ガムが膨れる以外は、表情に変化らしい変化もない。

最初に見たときには、もう少し人間味のある女に思えたのだが——なんだかここ数日の彼女は、機械のような印象がある。与えられたプログラムを忠実に果たすだけで、それ以外のことをしない、というような……。

「…………」

今もトラス・サウスは、路地裏の道を無言で歩いていく。他に通行人はいない。

そして彼女は不意に立ち停まったかと思うと、その左手首を持ち上げて、顔の前にかざした。

そしてその手首に、右手の指先を近づけていく。

それを見て、隆は顔をしかめた。その行動を見るのは初めてではなかった。彼は何度も、彼女があちこちで同様の動作をしているのを見ていたのだ。

手首に、指先を押し当てると、トラス・サウスはそのまま伸びた爪の鋭い切っ先で、静脈を、すぱっ、と切り裂いた。

血がほとばしり、地面に、壁面に飛び散った。

そしてそれは、どういう組成になっているのか——あっというまに辺りに染み込んでいって、たちまち跡形もなくなってしまう。

そしてそのときには、傷口もふさがっている。トラス・サウスは何事もなかったかのように、そのまま歩行を再開する。

「——うー……」

隆は気味が悪くて仕方がない。合成人間、というものの異様さを目の当たりにするのは、やはり恐ろしいことであった。

いったいなんでまた、自分の血をあちこちにばらまかなくてはならないのか、さっぱり理解できない。犬が電柱に小便を掛けて回っているみたいじゃないか——そう思ってしまう隆は、しかしそれがまさしく正解であるなどとは考えてもみなかった。

犬のマーキングはなわばりを主張するものだが——このトラス・サウスの奇怪な行動もまた〝しるし〟を刻み込んでいるのだ、ということを。

「……そいつはきっと、ドーバーマンという男でしょう」

＊

ベッドの上で上体を起こしているラウンダバウトは、凪の話を聞いてすぐにそう言った。

「僕も、何度か彼から仕事を振られたことがあります。一緒に戦ったときに彼が見せた能力と、霧間さまの話は一致するところが多いようです」

「あのなあ——カツミよ」

凪は少し顔をしかめて、

「その霧間さま、ってのはやめてくれ。気色《きしょく》悪い。凪と呼んでくれ」

「しかし、呼び捨てというのは——」

「あんたは、オレを不愉快にさせたいわけじゃないんだろ。だったら呼び捨てにしてくれよ、カツミ」

凪はそう言ってウインクする。彼女はラウンダバウトのことを、偽名である奈良崎克己になったってカツミと呼ぶことにしたようだ。言われた彼女は困った顔をしたが、すぐに、

「は、はあ——わかりました、凪さ……」

「さま、は無しだ」

「な……凪？」

「そうそう、それでいいんだよ。……しかし朱巳には九連内さまっていちいち呼んでたのか、あんたは」

「いえ、なぜだかあまり名前を呼ぶな、って言われていまして」

「……なるほど、その手もあったか」

凪はにやにやしながら、古い友の顔を想い出した。だがすぐに真面目な顔に戻り、

「……しかし、ドーバーマン、ねえ」

「詳しいことはわからないのですが——おそらく霧間さ——凪が見抜いた通りの能力だと思います。ヤツの〈ライト・フライズ〉というのは磁力を生じさせて、金属を操っているのでしょう」

「能力の方はもうどうでもいい——問題はあいつの目的だ。何をしに、あの港に現れたんだろう？」

「僕らを騙《だま》して港に来させた男——ジィドが前もって呼び寄せていたのでは？」

「そうかも知れないが、それでもなにか変な気がする——しかし、ジィドか」

凪は厳しい顔になった。その名前があちこちに出てくるたび、凪は嫌な感じがしてならない。目の前の道を遮《さえぎ》るように、不吉な影が落ちている——そんな印象がある。

「……いや、無駄に怯えてもしょうがないか」

「は？」

「それより、とりあえず目の前のことを整理しておく方が先か——カツミ、悪いが胸を開いて、見せてくれ」

凪はかなり唐突にそう言ったが、言われたラウンダバウトの方は、

「はい」

と素直に、着ている寝間着の胸元を開けて裸の胸をさらして見せた。そこには昨日までは包帯が巻かれていたのだが、今は取られている。大きな傷痕が残っているが、もう塞がっている。

「引きつったりするか、痛みは？」

言いながら凪は、彼女の胸に手を触れて、白い肌に刻まれた傷痕をなぞった。

するとラウンダバウトは、くすくすと笑って、

「少し、くすぐったいくらいですか」

と言った。凪はうなずいた。

「さすがに回復は早いな。あんたは攻撃型というよりは、耐久力に優れた合成人間という感じなのかな」

「確かに、打たれ強さには自信がありますが——戦闘力も、そこらの相手に引けは取りません」

少しムキになって、彼女はそう言った。するとそこに、研究室の一部をベッドに提供してい

る釘斗博士が顔を出して、

「おいおい医者の真似事かね、私の治療に不満かい」

と上半身裸のラウンダバウトと凪を交互に見やって、とぼけ口調でそう言った。

「しかし、傷が早く塞がりすぎてケロイドがひどくなるかもと思っていたが、それほどでもないようだな」

「博士、カツミはもう完治しているのか?」

「骨もしっかりしているし、発熱も治まったしな。まあ退院させたいなら、それでもかまわんよ」

「よし——じゃあカツミ、すぐに服を着てくれ。外に出よう」

「はい。それで、僕は何をしましょうか?」

ベッドから下りながらそう訊ねたラウンダバウトに、凪は、

「まず、オレと戦ってもらう」

さらりとそう言ったので、博士と彼女は揃《そろ》って眼を丸くした。

「……は?」

そんな相手の動揺を無視して、凪は、

「ああ、そうか——健太郎も一応、呼んでおくか」

と呟いた。

綺は、ひとり街に出てきていた。きょろきょろと辺りを見回す。すると通りの向こうから、

「——綺、こっちこっち」

という声が掛けられた。正樹である。綺は駆け足で彼のもとへと向かった。

正樹は綺の手を取って、路地裏の物陰に隠れた。そして奥まったところにある一軒の半地下クラブハウスを指差した。

「ほら、あそこだよ。問題の村津隆がもっぱら根城として使っていたっていう店は」

「何をしていたの、その人？」

「なんでも、特殊な麻薬みたいな液体を売っていたらしい、って——まあ、それはもう片づいたらしいんだけど」

「凪がやったのね？」

「そういうこと。でも姉さんは、どうも村津隆本人は見逃したっていうか、更生するチャンスをやったらしいんだ。でも彼は行方をくらましてしまった——」

二人は身を寄せ合って、ひそひそと話している。するとそのとき、店に続く階段の前に一人の男が立った。

3.

その人物を見て、二人は慌《あわ》てて身を縮めた。

それは羽原健太郎だったのだ。


「――よっ、と」

店の正面入り口の鍵は閉まっていたが、健太郎はなんということもなくそれを開けてしまった。

そしてそのまま、こそこそすることもなく店の中にズカズカと入り込む。

しいん、と静まり返っている店内に向かって、彼は怒鳴った。

「おい！　いるのはわかってんだよ。出てこい！」

するとドリンクカウンターの奥から、もぞもぞと一人の男が出てきた。それは村津隆と取り引きしていた店長の男だった。

「……な、なんだよあんた。俺はもう警察にも、知ってることは全部話しちまったよ――俺が隆から買ってたときは、まだあの薬物が違法だって知らなかったんだよ――」

前にも健太郎は、この男から聞き込みをしているので、顔見知りといえないこともない。もっとも友好的な間柄では全然ないが。

「んなことはもう、どうでもいいんだよ――村津は今、どこにいるんだ。かくまうと為にならんぜ」

健太郎は脅《おど》すというよりも、むしろ素っ気ない口調で訊いた。それは凪の物真似なのだが、むろん相手にはわかるはずもない。彼から見たら健太郎はおそらく、何らかの組織の人間に見えるだろう。

「し、知らねーよ……」

「知らない、そいつはおかしいな。俺は他のヤツがあんたに話したって情報を得て、それでここに来ているんだが」

そう言うと店長は顔色を変えた。あわてて首を左右に振って、

「だ、だから直接は知らないって話だよ。噂でなら聞いてるよ――でも、おかしいんだ。ヤツを見たって言う奴ら、みんなその場所が違うんだよ」

「ああ、そうらしいな――そのバラバラな目撃地点を全部、教えてくれないかってことなんだがな」

健太郎がここに来た目的は、街の情報をいちいち全部集めるのは面倒なので、たまり場であるここで一気に得てしまおうということだった。

「それと、なにか気になったことも一緒に教えてくれると手間が掛からないんだが」

「あ、ああ――」

店長はあちこちの、かなり離れた場所のいくつかを挙げて、それから、

「――そう言えば、変な女が一緒だった、って話もある。風船ガムを膨らませていた、って

「──」

「なんだそれ。女と一緒だったのか。その女は誰かわからないってことか?」

「隆は、女っ気が全然なかったから、変だな、って……あいつ、女が嫌いなのか、それとも──よっぽど気に入った女がいて、そいつ以外はどうでもいいみたいな風で──」

健太郎の眉が、ぴくっ、とひきつる。

「……それが〝れき〟ってヤツか?」

「へ? なんのことだ?」

店長は訳がわからず、きょとんとした。すると健太郎はそのとき、背後に気配を感じて、ばっ、と振り向いた。

彼が入ってきた扉が、わずかに半開きになっていて、ぷらぷら揺れている……彼はそこまで行って、がばっと一気に開ける──しかし別にそこには誰もいない。気のせいか、と彼は警戒しつつもそう思った。

健太郎の携帯電話が着信を告げる。それは凪からのものだったので、彼は店長の方を振り向いて、

「邪魔したな」

さっさと別れを告げて、その場から離れ、通話に出られる場所まで移動した。

4.

病院はそもそもが、人里から離れた山の中にある――その森の深くで、三人は立っていた。ひとりは凪で、他の者たちから少し離れて立っている。そしてあとの二人、ラウンダバウトと羽原健太郎は向かい合って立ちながら、ひそひそ話をしている。

「――ひとつ言っておくがな、ラウンダバウト」

健太郎の顔は険しく、厳しい。

「俺はまだ、おまえを完全に信用した訳じゃない」

「ええ、わかっていますよ。僕があなたの立場でもそう思うでしょう」

「凪はあんなことを言ってるが――もしもおまえが本気で凪のことを攻撃なんかしたら、わかってるな？」

「僕の実力を見ようっていうんでしょう？　そのご要望に応えるぐらいにしておきますよ」

二人が囁きあっていると、凪が、

「何こそこそ内緒話してんだよ――いやらしいな。でも仲がいいのは結構」

とニヤニヤしながら、さらに不思議なことを言う。

「健太郎、おまえはカツミの味方をしてくれ。そのために呼んだんだから」

「は?」

言われた二人は、揃って口をぽかん、と開けた。

凪は肩をすくめて、

「〝ラウンダバウト〟の能力は、人には聞こえない超音波で無意識に刺激を与えて、注意力をそいだり、ミスを誘発させるもの——そういう説明はしてもらった。だが、だとしたらそれは一対一よりも、複数の人間がいた方が有効だ。敵の注意力がより分散するからな。それを見てみたい」

と言った。健太郎は眉を寄せて、本当かという顔だが、ラウンダバウトの方は戦慄を隠せない。

(僕がした——あんなに簡単な説明で、そこまで理解したのか?)

反射的に身構えてしまう。それを見て凪は「ふふっ」と笑って、

「正直——あんたの力が本物かどうかも疑っているしな。あんたの主人の九連内朱巳も、筋金《すじがね》入《い》りの嘘つきだったし」

と言った。ラウンダバウトはそれを聞いて、頬にかっ、と血の気を上らせた。

「では——試してもらいます!」

言うや否や、彼女の身体は凪に向かって跳躍していた。

凪は微動だにせず、その突進を待ち受ける。

ラウンダバウトの跳び蹴りが凪の腹に喰い込む——と思われた直前で、凪の身体はそこから消えている。

相手の蹴りと同じ速度で後ろに跳んでいたのだ。だがそれはラウンダバウトにも予測できる動きだった。彼女は着地すると同時に、横に跳んでいる。

凪はそれと逆の方に跳ぶ。二人は間合いをそのままに、輪を描くようにして移動する。

「どうした、能力は使わないのか」

凪が挑発的に言うと、ラウンダバウトは、

「いいや、既に使っていますよ——」

と言い、両手を胸の前で交叉させた。防御とも、攻撃ともとれる構えである。

「へえ——それにしてはなんにも異常を感じないが」

「感じ取られたら、能力としては失敗ですから——予告します。僕は次に、あなたの頬を叩く。しかしあなたはそれを避けられない」

ラウンダバウトは不敵に言い放った。凪は眉を軽く上げて、

「大した自信だね。それに体捌《たいさば》きも一流のようだ。だがいかんせん、致命的な欠点もある——」

と言い返した。

このやりとりを、健太郎はぽかんと見ているだけだ。

だが両者の間に殺気が高まっていくのは感じ取れたので、思わず、

「お、おい——あんまりムキにならないで……」

と声を掛けた。焦りから身体も多少、前に出る格好になり、その右足のつま先が——かつっ、と地面に埋まっていた石に当たって躓《つまず》きかける。

（おっと——）

とあわてて体勢を立て直そうとして、左足を前に出した——するとそのつま先がまた、なにかに当たった。

がっ——と、今度は前よりも強い抵抗があり、そして力んでいた分、もう躓きはしなかった。代わりに石の方が飛んだ。かなりの勢いを伴いつつ、それは飛んでいく——こちらに背を向けている凪の方に。

（え——）

健太郎は何が起こったのか、一瞬わからなかった。そして——理解しきる前に、事態は終わる。

凪はラウンダバウトに対峙していて、背後から突然飛んできた石に対しては完全に死角であった。その石が飛んでくる寸前に、ラウンダバウトは地面を蹴っている。

そう、もちろん健太郎の不自然きわまる石蹴りは彼女の能力によって誘導されたものだった。さっき小声で話すフリをして、すでに潜在催眠を掛けていたのだ。彼女が両手を十字に組むの

を引き金として、無意識のうちに石をわざと蹴らせたのだ。

（タイミングも方向もどんぴしゃだ——よしっ！）

凪に向かってフェイント気味の攻撃を仕掛けて、身構えさせようとする——だがそのとき、ラウンダバウトは見た。

凪の、その自分を見つめる冷静な眼を。

それは彼女の眼をまっすぐに、覗き込むように見つめてきていた。その底まで見通してしまおうとするかのような、鋭い眼差しだった。

そして凪は、ラウンダバウトから一瞬も眼を逸らさずに、そのまま——身体をふいに横に動かした。

明らかにそれは、背後から飛んできた石を避けたのだった。

（な——?!）

凪に避けられたので、その石は当然彼女の真正面から突っ込んでいこうとしていたラウンダバウトに向かって飛んできた。彼女はあわてて、それを手刀で弾き飛ばして——そして茫然となる。

凪がいない。

今の今まで、彼女の前にいて横に動いたはずの凪がそこにいなくて——と思ったときには、もう彼女の身体は倒されていた。

凪は横に動くのと同時に、足から力を完全に抜いて倒れ込んでいたのだ。そして地面にすとん、と落ちながら彼女は、そのまま身体を支える必要のなくなった両脚でラウンダバウトの足首を払って、転倒させていたのだった——そして、

「ほら——な」

と言いながら、相手を倒した反動で自分は中腰の姿勢で起きあがって、ぴたぴた、と彼女はラウンダバウトの頬に触れた。

「な？　欠点があるだろ」

そう言われても、ラウンダバウトは返事ができない。

何が起こったのか、理解できなかったのだ——自分の行動には何一つミスはなかった。そのはずだったのに……どうして自分の方が倒れているのだろう？

「正確にやろうとしすぎなんだよ。オレの真後ろから完璧に攻撃したつもりなんだろうけど——完全に真後ろのタイミングでくるって読まれたら、その時点で簡単に避けられちまうんだ。こういうときは逆に、石を相手の視界にわざと入れて混乱を誘うって手もあるんだよ。わかるか？」

凪は落ち着いた口調で言う。ラウンダバウトは思わず、はい、と素直にうなずいてしまう。

「あんたの欠点はね、カツミ——馬鹿正直ってところだ。気持ちがまっすぐすぎるんだよ。朱巳にも注意されてるはずだ」

そこで凪は口元にかすかな笑みを浮かべて、

「だいたい、朱巳のヤツは自分で自分を凄い嘘つきだって自慢してるような女だろ。そいつを嘘つき呼ばわりされたぐらいで、カッとくるようじゃ駄目だよ。あいつにも怒られるぜ」

と言った。

「は、はい——」

ラウンダバウトは、茫然とした顔のままだった。

そして——それを離れたところから見ている健太郎は、なんだかこれが全部、仕込まれた芝居のように思えた。二人で練習を積んだ演武の一種のような……それぐらいに、動きに無駄がなく、流れるようだったからだ。

（だがそんなはず、あるわけがねえ——でもだとしたら、もっとありえねえ——だって、あのラウンダバウトって、たった一週間で瀕死《ひんし》だった重傷からも回復するようなヤツなんだぜ？　統和機構の戦闘用合成人間なんだぞ？　それをあんな凪に、まるで手玉に取るみたいに——）

健太郎は背筋に冷たいものが走るのを感じていた。

凪には特殊な能力なんかないのは知っている。今だって、そういうもので勝ったわけではない。ただ優れた洞察力と、そしてそれを実行する躊躇《ためら》いのない意志と恐怖を克服した身体反応によるものでしかない。

しかしそれでも、健太郎はその瞬間に凪に底知れないものを感じていた。

凪はどうして、ここまで強いのか。

彼女は何故、こんなにも強くならなければならないのか——炎の魔女は、いったい何と戦っているつもりなのか——そう思うと、戦慄が湧き起こってくるのを抑えられないのだった。

5.

「この街だね、健太郎さんが聞き込みで割り出していた問題の街のひとつは——しかし」

谷口正樹は、少し不安そうな顔で周囲を見回した。

「あんまり上品な街じゃなさそうだなあ。かなり柄が悪そうだ」

彼は横にいる織機綺に視線を向けて、

「やっぱり綺は、帰った方がいいんじゃないかな」

と言った。

「…………」

綺は、どこかぼんやりとした表情で、あらぬ方を向いていて正樹の話を聞いていない。

「綺？」

「……なにか、変な臭いがしない？」

綺はそう呟くと、視線を宙にさまよわせて、ふらふらと歩き出した。

「え？　いや、別に――お、おい」

正樹は綺を呼び止めようとしたが、彼女は無反応で、路地裏の方へと進んでいく。

まだ陽《ひ》は高いので、そんなに危険そうでもなかったが、なにがあるかわからないので、正樹はやや焦った。

「綺、あんまりふらふらしない方がいいよ。なあ――」

と彼女が路地裏に入り込もうとしたところで、肩を摑んで停めた。そしてぎょっとした。

綺の肩が、いや全身が、小刻みにぶるぶると震えていたからだ。

「な……なに、これ……?!」

綺の唇から呻き声が漏れた。しかし正樹が見る限り、綺の視線の先にはなにもない。ただの、相当に傷《いた》んで罅《ひび》割れているアスファルトの路面が広がっているだけだ。

「な、なんだよ、どうかしたのかい。何もないじゃないか」

「え？」

綺はぎょっとした眼で正樹を見つめ返してきた。そして彼女は、およそ正樹には理解不能のことを言った。

「だって……だって血だらけじゃない？」

そう言って指差す地面には、一滴も液体などこぼれていないのだ。

「な、何言ってんだよ。どこに血なんか――」

と彼女の震える手を握って動揺を鎮《しず》めようとして――そこで正樹の眼も驚愕《きようがく》に見開かれた。

路面に飛び散っている夥《おびただ》しい鮮血が、彼の眼にも見えたのだった。

「わっ――?!」

と反射的に綺を抱き寄せ、その身でかばおうとして、一瞬手を離した――すると見えていた血が、きれいに消失してしまった。

「え……?」

また綺の手を握る。するとまた血が見える。

「ど、どういうことだ……綺?」

正樹はまじまじと、自分の恋人を見つめてしまった。

「え、ええ? な、なに?」

綺も動揺している。二人は互いに絶句して、茫然と見つめ合うことしかできない。

そのとき――ふたりの足下の、見えない者には見えない奇怪な血痕に変化が生じた。

波紋が表面に生じたかと思うと、平らな地面だというのに、まるで路面が傾いていっているかのように、ある方向へと流れ出したのだ――綺たちのいる方向へと。

「え……?」

正樹の眼に、その奇怪な様子が入った。

「――っ!」

彼はあわてて、綺をその血の接近から引き離した。

すると血は、今度は急に噴水のように上に持ち上がって、そして正樹に向かって、さながら触手のように伸びてきた――彼は綺を突き飛ばしたが、綺は彼から手を離さず、引っ張るようにして一緒に倒れ込んだ。

血の触手は道路に落ちて、そこで吸い込まれるように消える。

血痕の方も、二人が離れてしまうとそれについてこれなくなったように、ずず……と後戻りしていった。

「あ、ああ……？」

「な、なんだあれ……？」

正樹と綺は、思わず声を漏らしていた。すると背後から、

〝もうすぐ、消える――〟

という声が聞こえてきた。二人は驚いて振り返った。

そこに立っていたのは、一人の少年だった。頭からすっぽりとフードを被っていて、すくなくとも子供のような姿に見える、小さな人影だった。

〝君の身体に残っていた影響が薄れていくと同時に、見えなくなり、反応もしなくなる……〟

綺に向かって、そう話しかけてくる。その声はどこか遠く、目の前にいるのに電話の声のように聞こえる。その人物を綺は前にも見たことがあった。そのときに彼はこう名乗っていた。

「——リキ・ティキ・タビ……？」

綺がそう言うと、正樹も眼を丸くして、

「あ、あなたが……？」

と訊いた。しかしその謎の少年はこれに応えず、

〝既に、包囲は始まっている——君にできることはさほど多くない。逃げようとしても、どちらも君を逃がしてはくれない——魔女は二人とも、君を自由にはしない……〟

と、不思議な言葉を告げるだけだった。

「ま、魔女って？」

綺は焦った。手を伸ばして、少年を摑もうとする。

だがその手は、むなしく空を切るだけだった——少年は蜃気楼《しんきろう》のように、実体がなかった。

そして、その姿もうっすらと消えていく——それと同時に、背後の血痕も消えていく。

「ま、待って！　どういうことなの？」

綺がさらに身を乗り出そうとしたところで、後ろから正樹が抱きついて停めた。

「危ない！」

彼がそう言うのと同時に、少年の姿はふっ、と消えた。しかし、跡形もなく——ではなかった。彼が立っていた場所の路面が、奇妙に歪んでいた。硬いはずのアスファルトが、まるで熱した飴《あめ》に棒をつっこんだ後のように、うねって窪《くぼ》んでいた。

そして彼に触れようとした綺の手も、異常に蒼白《そうはく》になっていて、血管がぼこり、と浮き上がっていた。それはまるで真空に手を入れたらそうなるのではないか、と思われるような現象だった。

路面の歪みは、じわじわと元に戻っていき、やがて区別がつかなくなる。血痕の方も同様に、今では染みひとつ見えなくなっていた。

「あ……」

綺は茫然としている。

なんなんだろう、これは……自分の周りで起きているこの事態は？

魔女が——魔女って——魔女なんて、彼女には一人しか思い当たらない。

そう、彼女のとてもとても大切な……

「…………あ」

綺が愕然《がくぜん》としていると、背後で正樹が掠《かす》れた声で、

「今のあいつ——残っていた影響、とか言っていたよな……そして僕は、綺に触ったらあの変なものが見えるようになった……綺から影響を受けたんだ……ということは、綺は……誰から——？」

と言ったので、綺はぎくりとして彼の方を見た。

そして彼女は、自分を抱きしめてくれた、あの感触を想い出す……それが温かい記憶である

だけに、戦慄の冷たさが全身に突き刺さるようだった。

二人が茫然としていると、少し離れたところから人の声が聞こえてきた。

「――なあ、なんだってまたこんなところに戻ってきたんだ?」

綺と正樹はあわてて身を物陰に隠した。するとあの血痕があった場所に、二人の人物が姿を現した。

その内の一人を見て、綺たちは顔を強張らせた。それは彼らが捜している人物――村津隆だったからだ。

そして、もう一人の女性の口元から、ぷうっ、と風船ガムが膨らんだ。

*

「…………」

トラス・サウスは尖らせた唇から風船を出したりしまったりしながら、周囲を見回している。

「今――確かに反応があったはず……」

自分にだけ聞こえる声で、ひとり呟いている。

「おい、ここってさっきあんたが妙な血液をばらまいたところだろ? なんで二度も来なきゃならねーんだよ」

隆はぶつぶつと文句を言っている。

「…………」

トラス・サウスは当然のように返事をせず、路面を指先で撫でている。

その立てた指が、ある軌跡を描いているのに隆は気づかなかった。それは彼らがこの前行ったレストランの伝票に書かれていた落書きのサインをなぞっていた。

「…………」

ぶつぶつと口の中で、なにかを呟いている。まるで携帯電話でひそひそ話をしているような――一瞬、完全な無表情になり、そして――

〝……ふふっ〟

と、不意に微笑んだ。隆はぎょっとした。その顔はトラス・サウスの顔なのに、彼女ではなかった。そうは見えなかった。彼女の顔立ちの上に、別人の影が落ちているような感じがした。そしてその影を、隆は知っていると思ったのだ。その突き放したような、そのくせ心の奥に染み込んでくるような眼差しの、その横顔を……。

(れ、れき……？)

これまでも何度も、彼女のことを想い返していた。忘れたことはおろか、意識しない日など一日もなかったといっても過言ではなかった。それでもこのときが初めてだった——冥加暦の影が自分の上に落ちていると、はっきり痛感したのは。

そしてそれは終わった懐かしき遠い過去でもなんでもなく——今まさに、その本性を現しつつあるような、そんな気がしてならなかった。

6.

どこかにそれがある、とパールは考えていた。

(そう、必ずあるはず——その近くに痕跡が残っているはずだわ。その〝しるし〟が……)

ジィドを通じて自分たちにもたらされた、天啓のような情報、あの奇妙な数字の羅列はおそらくは座標であろう——その場所に行けば、何かが待っているのは間違いない。

(だがその前に——関連しているものがあるはず——絶対に近くに、何かが残されている……その感触で行けば、この事故が怪しい)

ノートパソコンの画面を睨みながら、パールは呻いていた。

彼女とジィド、そして犬のモンズは列車に乗っていた。時刻は早朝すぎて、他の客はほとんどいない。

街からさほど遠くない、しかし人もほとんど住んでいない山の方角に向かっていた。既に飛行機で国をいくつも移動している。一度のフライトでその国に直接行くと足跡が残るかも、という理由をつけてはいたが、本当は単に時間が欲しかったのだ。自分たちが会おうとしている者の手掛かりを、事前に少しでも得ておきたかったのである。

(飛行機墜落《ついらく》事故――生存者なし……死体が未発見の行方不明者も複数いる――こんな事件が、私たちが到着したその飛行場で起きていたのは、とても偶然とは思えない……もしも、アルケスティスが私の思っているようなものであるならば……この犠牲者の中にいるはず――)

犠牲者の顔写真は今でも残っている。全員が海外旅行者で、パスポートを所持していたのだから当然だ。その中に一人の少女の写真があった。

冥加暦。

正面を向いたその写真の眼差しが、どこかうっとりしたもののような感じがする。待ち焦がれた者に会いに行くときのような、そんな顔で証明写真に写っている。これはパスポートを取るときに写したものであろうか。だとしたら彼女は、その国にそれほど行きたかったのだろうか――。

(この女……この顔が、なにか引っかかる……もしも私の考えが正しければ、こいつも、私たちのように……)

パールが考え込んでいると、横に座っているジィドが退屈そうに、

「なあ、本当にそんなところに行くつもりか?」

と不機嫌そうに言った。

「なんにもねえところじゃねえか。地図にも載ってねえし、周辺にも重要なものはないぞ」

「だから見つからない――そういうことでしょ」

「おいおい。隠遁《いんとん》するにはまだ早いぜ、俺様たちはよ。この犬ころは別だけど。世捨て人になって俗世間から身を隠す、ってか？」

ジィドの軽口に、しかしパールは応えずに、

「そう……まるで身を隠しているみたいだ。しかし隠れる必要がどこにある――統和機構さえ、恐れる必要もないというのに……」

と、ひとり小声で呟いた。

列車はやがて、目的地に近い田舎《いなか》の駅で停まり、パールは盗品であるノートパソコンをそのまま列車に捨てていき、問題の座標に向かって進み始めた。そして誰も見ていないところまで来たら、パールはすう、と息をかるく吸って、

「――さて、と」

と言うやいなや、モンズを抱えたままで走り出した。合成人間が遠慮なく力を出せば、それは競走馬並みのスピードになる。あっというまにジィドは置いていかれる。

「おいおい」

と彼は肩をすくめたが、しかし焦る様子もなく、普通の足取りで歩いていく。ろくに足跡も

残っていないのに、追跡するのになんのとまどいもないようだった。

自分よりも遙かに強い合成人間に対して、なんの気負いもない。速い相手に無理についていこうともしない。移動した痕跡を読み取る己の才能に絶対の自信を持っているのだ。そしてもちろん、一人で残されてもなんの不安も感じないのだった。

やがて彼は山の中に進んでいこうとする途中で、その細く尖った山を見上げて、む、と眉間に皺を寄せた。

そして顎に手を当てて、ふうむ、とわざとらしく考え込むようなジェスチャーをすると、追いかけていた足跡の方を無視して、全然別の方角へと足を向けた。

いや、それは足だけではなかった。ごつごつと凹凸の激しい岩肌を手も使って這うように動いていく。その動作も躊躇《ためら》いがなく、人が遠くから彼を見たら山猿かと思うだろう。

そして彼は、やがて山の中腹にぽっかりと開いている洞窟《どうくつ》の入り口を発見した。

「……ほらな」

と、またしてもわざとらしい感じで、一人うなずいてみせると、口笛と発声を組み合わせた特殊な音波を、その口から出した。ほとんど超音波で、自分の耳にさえろくに聞こえない。しかし、それでかまわないのだ。人間に聞かせるためのものではないのだから。

数分、その場で待っていると、先に山の上の方に登っていったパールが彼の元へと戻ってきた。

「おら、たぶん目当てはここだぜ。座標だけだとわからなかったかな?」

自慢げに言って、洞窟を指差す。パールは眉を上げて、

「らしいわね」

とうなずいた。その腕の中でモンズが、ぶるる、と小さく唸《うな》った。


洞窟の中を、二人と一匹は慎重に進んでいく。

光はすぐにほとんどなくなってしまい、真っ暗な中を歩くしかなくなったが、先頭を行くパールは明かりをつけない。彼女は自分たちの足音から、その一歩先の地形を把握していた。そしてジィドは、そのパールの足跡を正確に辿っている。犬のモンズはただパールに抱かれているだけのようだが、嗅覚で辺りを探ってもいる。

「おいワン公、誰かが中にいる臭いはするのか?」

「わふ」

「うなずいてるみたいに吠えるよな、こいつは——しかし」

ジィドは首を左右に振った。真っ暗なのに、素振りが普通とまったく変わらない。

「……なんだかなあ。どういう根暗なんだ、そいつは?」

ジィドは舌打ちせんばかりの口調で言った。

「こんなクソ洞窟の中に、好きこのんで住み着いてるなんてよ——」

「うるさいわね、黙ってなさい」

話し声が混じると、反響をうまく聴き取れない。それに不安もある——くだらない話をしている余裕は正直ない。それでもジィドはさらにぶつぶつと、その犬コロはやっぱり気に入らないとか、無駄な文句を重ねていく。パールもなんだかんだでそれに応えてしまう。モンズはその間ずっと、へっへっへっ、と呼吸音を漏らしているだけだ。

そうしている内に、問題の座標にあたる地点に到着した。地下なので、GPSで確認することなどはできないが。

「そろそろのはずだけど——」

とパールが呟くと、まるでその声に合わせたようなタイミングで前方に、ぽっ、と小さな明かりが灯《とも》った。蠟燭《ろうそく》の炎だった。

「まるで聞こえていたみたいだな」

ジィドはにやにやしながら言った。盗聴器が仕掛けられていた可能性を彼は考えていた。しかしその彼の考えを読み切ったかのように、パールは不機嫌そうに、

「そんな可愛らしいもんじゃないらしい——」

と、苦虫を嚙《か》み潰《つぶ》したような顔で言った。彼女にはわかっていたのだ。聞かれたとか見られたとか、そんな次元ではないということが。

(……〝知られた〟なら、そこでおしまいなんだろう)

パールは厳しい顔のまま、光の方に近づいていく。

「え？」

ジィドはそんな彼女の緊迫した態度がいまいち把握できず、きょとんとした顔になる。

そして――そこで停まってしまう。

身動きひとつせず、呼吸もせず、倒れもせず――まるでビデオ映像で一時停止をかけられたように、その場で停まってしまった。

パールはそんな彼のことを一瞥《いちべつ》もせずに、ただ歩いていって、そしてその光の側まで来た。

そこにはちょっとした一室、という風情の空間があった。渋い家具調度品が並んでいて、燭台はアンティーク風の小さなテーブルの上に載っていた。

そして、そこに肘をついて、こっちの方を見つめている人影がある――その少女は、

「ようこそ。根暗な場所で悪かったわね」

と微笑みながら言った。

黒髪が、とても長い。

それはなんだか髪の毛というよりも、流れる水のようにさえ見える。きらめいて、つややかで、底なしの闇に続いているような――そんな黒髪が頭から足下にまで伸びていた。

（………………）

パールは、やはり下調べしておいてよかった、と思った。心構えができた、と感じた。

その顔を知っていた。

ついさっき、写真で見た顔だった。しかし同じなのは、ただ骨格と肉付きだけだった。眼に見えるもの、それだけが同じで、後はまったく違っていた。

冥加暦。

その姿をしている彼女が、そこに座っていた。

「…………」

一瞬だけ絶句したが、すぐにパールは、

「お招きにあずかって、光栄だわ」

そう声に出して言った。すると相手は、

「……ふふっ――」


と、穏やかとさえいえるくつろいだ微笑を浮かべた。

「大したものね――私の前に立って、手も脚も震えていない人は珍しいわ」

と感心したように言う。その左手の薬指には、大きな宝玉が塡《は》められた指輪が煌《きら》めいている。

パールは冗談ではないと思いつつも、

「寒気は、嫌というほど感じているんだけどね――伝説の存在と対面するのに、失礼があって

はいけないでしょう？　ねえ……」

　と言い返したが、さすがに次の言葉は、その彼女の名前を呼ぶときには、どうしても声が震えてしまった。

「……アルケスティス――」

　その名が空間に響いたとき、まるで身震いするかのように蠟燭の炎が、ゆらり、と揺れた。

「長いこと退屈していたんだけど、どうやら――」

　少女は、パールに言っているというよりも、どこかまったく別の場所、遠くにいる誰かに向かって言っているような口調で、静かに告げる。

「そろそろ、腰を上げるときがきたようね」

　彼女たちが、表面上は穏やかな調子で話しているこの光景――それが、少し離れたところに立っているジィドの眼に映っている。しかし、彼はそれを見ていない。

　その眼球がただ、鏡のように入ってくる光を反射しているだけで、それが認識にまで届いていない。

　認識だけではなく、身体全体がまったく動いていない。しかも一歩、前進しかけているところで停まっていて、バランスは全然取れていない。マネキンがそのような姿勢で造られたとしたら、立たせられない不良品にしかならない。

　それなのに倒れず、動きもせず、揺らぎもしない――そしてそれは人の認識ではとても捉えられないことであったが、彼の皮膚の表面で、常に気化し続けているはずの水分が、いっさい変化していないのだった。何もかもが停止している——それを喩《たと》えるならば、こういう言い方もできるはずだった——凍っている、と。

そして彼女がぱちん、と指輪を填めている指を鳴らした。するとジィドは一瞬、続けていた動作をしようと歩きかけて、そして絶句した。

「あれ……？」

パールたちが、急に奥の方に瞬間移動したようにしか、彼からは見えなかったのだった。話し声が聞こえるが、小声なのでよく聞こえない。

「え、えええ……？」

そうやって立ちすくんでいる彼におかまいなしで、

「さて、と——」

アルケスティスと呼ばれた、冥加暦の姿をした少女は、優美な動作で椅子から立ち上がった。パールと、その胸に抱かれている犬のモンズは思わず身をすくめた。

「じゃあ、行きましょうか」

そう言って彼女は歩き出した。啞然《あぜん》としているジィドの横をまったく一瞥もせずに通り過ぎる。ジィドはパールたちをまじまじと見つめて、

「なにが、いったい、どうなっているんだ？」

思わずそう訊くと、パールとモンズは揃ってうんざりしたような表情になり、

「――わふん」

「――やれやれ」

と彼のとまどいを無視して、その横をすり抜けてアルケスティスの後をついていった。

洞窟の奥で燃えていた蠟燭が、そのとき消えた。暗闇が落ちて、ジィドは「お、おい……」と困惑する。そこでパールに、

「どうかしら、魔女に化かされた気分は？」

と言われて、ますます眼を丸くした。

「ああん……？　お、おい待てよ――」

彼は暗闇にお構いなしでさっさと先に行ってしまうパールたちをあわてて追っていこうとしつつ、不思議そうに、

「――どうして来たばかりなのに、とっくに話がついてるみたいなんだよ？」

と声をあげたが、前を行く者たちは誰も応えない。

黒髪の少女は、にやにやしながらも足を停めない。

「なかなか面白い彼ね。疑問はあっても、恐怖は感じないのかしら」

「あいつは自称〝兵器〟ですから」

「そしてあなたが、それを使う戦士ってわけかしら」

「かも知れませんが、今となっては――」

「あは、私にくれるって？」

「どうせ、あなたが好きなようにするのを止められる者はいないのでしょう？」

パールがそう言うと、少女はその優美な唇の端を、きゅうっ、と吊り上げて、

「――あなたも、ここに来るときに考えていたはずよ」

と、逸れたことを言い出した。

「……は？」

「こう思っていたでしょう？　どうして――あの魔女はこんな山の奥にいるのか、って」

その通りだったので、パールは一瞬、絶句した。そこに少女は言葉を重ねる。

「だから、あなたが思った通りなのよ――隠れていたのよ、私は」

「……し、しかし、何から隠れる必要があるというんですか？」

「変なことを訊くのね。そんなもの決まっているじゃない――」

少女は闇の中、パールに向かって流し眼で見つめてきた。

「私の〝敵〟からよ。私はとってもとってもおそろしい〝奴〟に見つからないように、こそこそと隠れていたの」

「敵――ですって？」

パールは自分の耳が信じられなかった。彼女は思わず訊き返していた。

「あ、あなたに――魔女アルケスティスの敵になれるような、そんな存在がこの世にいるんですか?」

「ああ、パール――あなたはまだまだ甘いわ。この世界にはあなたの想像を絶する化け物がいるのよ。私はずっと、そいつに怯えて生きてきたのよ――」

言葉の割に、彼女の話し声はまるで浮かれているような、歌っているような、そういう楽しげな生気に満ちていた。

「そいつと決着をつけること、それだけが私に課せられた使命であり、運命なのよ」

「……な、なんていうんです、そいつは?」

パールの震え声の問いかけに、彼女は静かに答えた。

「本人に今、どれだけの自覚があるのかはわからないけれど、きっとどこかで名乗っているわ。どんなに記憶が薄れていても、どんなに立場が変わっていても、その概念だけは絶対に魂《たましい》から消すことができないのだから……そう」

洞窟の闇が終わりに近づいてきていた。進んでいく先に光が見えてきた。その中で彼女はその単語を口にした。

「……〝炎の魔女〟ってね――」

その名を聞いて、パールの眉がぴくっ、と引きつった。

どこかでその名を聞いたことがあるような気がしたのだ。直接に関わったわけではないが、誰かからその言葉を聞いたことがあるような――だが、はっきりとは思い出せなかった。

「まあ、私はあくまでも彼女を〝ヴァルプルギス〟と呼んでいるけどね。魔女の中の魔女にして、私の愛《いと》しい宿敵――もう、さほど時間は掛からないわ」

彼女の口元にずっと浮いている微笑が、さらに深くなる。

「そう、もう仕掛けは始まっているのだから――」

chapter six
<the evil>

『人間の不幸は自分のことを知らないことだが、その無知はこの過酷な世界の中では、せめてもの救いでもある。己を完璧に知って、なおも正気でいられる者はいない』

霧間誠一〈鏡の向こう側〉

1.

「リキ・ティキ・タビ――そういう名前は聞いたことがありませんね」

ラウンダバウトは、健太郎の問いに正直に答えた。

「しかも、あなた方の話を総合すると、合成人間らしからぬ感じもあります」

「じゃあ、何だと思う？」

「我ながらいい加減な、という気がしないでもないですが――そいつはなんだか、幽霊みたいですね」

「実体がない、ってことでか」

「というよりも――ずっと昔からいる、って印象を受けますね」

ここは凪のマンションの中である。しかし凪本人はいない。

健太郎たちに〝いったん帰ってろ〟と命じた彼女は、ひとりでまたしても、どこかに行ってしまったのだった。

「でも――幽霊っていうにはなんていうか……〝恨んでいる〟感じがしませんでした」

綺がそう言うと、正樹もうなずいた。

「そうだね――むしろこっちに何かを警告するみたいな」

「じゃあ――〝守護霊〟か？」

健太郎はそう言って、そして顔をしかめた。

「しかし、少なくとも凪の味方っぽくはないな」

「何かを守っている、そういう能力なんだろうか。力の作用だけがここに届いているだけで本人は遠くにいるか、あるいはもう死んでいるのか」

ラウンダバウトが考えながらそう言うと、全員がちょっと驚いて彼女のことを見つめた。ん、と彼女はうなずいて、

「統和機構は、そういう者たちと戦い続けているといわれている。実際に僕も、他の者たちと協力してそういう特殊能力者と戦ったことがある……もっとも支援役だったから、実際にその姿を見たわけじゃないが」

「能力――」

「他の者には見えないものが見え、感じられないことを感じられ、それを利用して破壊的なことをする者たち、そういう者のことを僕らはＭＰＬＳと呼んでいる。そいつらが世界を破壊しないように、守っていると称して」

「そう――なんですか？」

綺は、思わずそう呟いてしまった。彼女も統和機構の末端でそれに協力させられていたのだが、真剣に自分が何をさせられていたのか、そのときには一度も考えたことがなかったのだ。

「まあ、守っているといって自分たちが都合のいいように利用しているのは間違いないけどね」

「で、リキ・ティキはそのMPLSかも知れないってことか——つまり統和機構の敵でもある訳だな」

「管理されていないMPLSなら、確実にそうだろうね——でも、そいつが気にしているのは統和機構じゃなくて〝魔女〟という謎の概念みたいだ」

「……凪のことか？」

「しかし、姉さんは別にそのMPLSとかじゃないぜ」

健太郎が焦りながらそういうと、ラウンダバウトもうなずいた。

「僕もそう思う。あの方と演習とはいえ、戦ってみたからわかる。凪は強い人だが、あくまでもふつうの人間の域にいるよ」

「そんなことは俺だって知ってるよ——特殊な能力があったら、凪はあんなに苦労しないでいいんだからな……だが」

健太郎は親指の爪をがりり、と噛んだ。

彼はずっと、そのことを考え続けている——霧間凪は、何と戦っているつもりなのか。この世の悪というならば、そんなものがなくなる日が来るとはとても思えない。

では彼女の、霧間凪の行き先は、一体どこなのだろうか……。

彼がそう思ったとき、え——と綺がかすかな声を上げた。

「な……」

彼女は茫然として、部屋のあらぬ方に視線を向けている。

他の者たちも彼女の見ている方に顔を向ける。そこで全員が、同じように絶句する。

部屋の隅に、黒い影のようなものがうずくまっていた。

小さくて、まだ子供にしか見えないような影だった。全身をすっぽりと覆う丈長服《スータン》を着ていて、身体は隠れている——だがその顔は、

「リキ・ティキ——?」

綺がそう呟いて、ラウンダバウトが立ち上がる。

「こ、こいつが——?! いつのまに……」

部屋に入ってきたのか、彼女にもまったく感知できなかった。戦闘態勢に入って、綺たちの前に出ようとする彼女を、しかしそこで健太郎が、

「ま、待て——なんだか様子がおかしいぞ!」

と制した。やはり、床の上に影が落ちない——実体がない。その現れたリキ・ティキの幻影は、丸まった姿勢のまま、びくびくと痙攣《けいれん》していた。そして綺たちのことを見るでもなく、

〝う、うお、うおおおっ……!〟

と呻き声を絞り出した。がくがくとぎこちなく首を動かして、綺の方に眼を向ける。

その両眼ともが異様に血走っていた。そして口が開いて、そこから漏れた言葉は、

〝……やはり——勝てぬ……魔女は——〟

というものだった。その次の瞬間、リキ・ティキの首が眼に見えぬパワーにねじられて、がくりと折られた。

＊

「……ん？」

凪はなにやら気配のようなものを感じて、周囲を見回した。

しかしその海沿いの道には、他に動くものはない。すでに夜もふけていて、繁華街でもないこんな場所には人通りもない。

彼女が立っているのは、港が一望できる公園だった。そこはドーバーマンと村津隆が凪のことを発見した場所である。しかし痕跡は何もなく、凪は追跡する手掛かりを見つけられなかった。

「…………」

凪はなおも警戒しながら、近くを歩き回ってみた。

特に尾行してくる影などは見つからないのだが、なにか嫌な感じがした。それはここ最近、

彼女がずっと感じている気配だった。

（――神経質になりすぎているのか。あの人から電話があったりしたから……）

そう思って、凪はちょっと顔をしかめた。

心の中でさえ、その人を母親と呼ばない自分の気持ちに、ややうんざりしたのだった。

鏡子。

凪のお母さん。別に虐待《ぎゃくたい》されたわけでも、ひどく叱《しか》られた記憶があるわけでもない。それでも凪は、その人のことを好きになれない。

しかしそれは――彼女からすれば無理もない。

（だって、オレはあの人に――）

浮かびかけた想いを、凪は頭を振って無理矢理に消した。

ふうっ、と息を吐いて、彼女は次の場所へと向かった。

この近くにある建物はそもそも多くない。その中のひとつに、街道沿いのファミリーレストランがあった。

凪は、彼女が出会った喋る奇妙な犬と同じ種の犬が映った写真をそこの店員に見せて、

「こんな風な犬を近くで見なかったか？」

と訊ねた。すると、

「ああ――」

と驚いたような顔をしたので、さらに訊くと、

「いや、でもそれは別の飼い犬みたいだったんで。先週ぐらいだったかな」

と言い出したので、凪はピンと来て、

「この店に来たのか？　もしかして、それを連れていたのは若い男じゃなかったのか。背が小さくて、目つきが悪くて」

と、さらに問いを重ねた。

「ああ、うん——そう、そんな感じで。でももう一人いたよ。女の子が」

「女の子？」

「あー、でも、そうだなあ……言われてみると、あの二人って関係がよくわかんなかったな。友だちって感じでもなくて、でも兄妹ではあり得ない感じで。女の子の方が威張《いば》ってて、なんか緊迫してたけど、言い争っているって風でもなかったなあ」

「女の子……」

パールとジィド。

この二人の奇妙な関係は他の人間にはとても窺い知ることはできない。

「…………」

凪が少し考え込んだそのとき、店の外からざわめきが聞こえてきた。

「——んだよ、離せよ！」

「てめえ、舐めんじゃねえぞ!」

「ふざけた真似するとどうなるか、教えてやる!」

どちらも若い声で、明らかにトラブルの気配があった。

店員が、うー、と嫌そうな顔をした。不良たちが喧嘩しているのだ。巻き込まれたくないなあ、と彼が考えていると、凪はまったくためらいのない動作で、くるっ、と出入り口の方にきびすを向けて、そしてそのざわめきの方に歩いていった。

「え?」

店員はきょとんとした。この少女は外の者たちとは何の関係もないはずだったからだ。なのに——。

「あ、あの?」

「大勢が一人を囲んでいる——フェアじゃないな」

凪はそう言いながら、まっすぐに進んでいく。

2.

葉月《はづき》さくらは、内心では怯えきっていた。自分がこれから何をされるのか、それを考えただけで失禁しそうだった。しかしそれでも彼女は強がって、

「おまえらが間抜けなだけじゃんかよ！　女に逃げられて、それであたしに八つ当たりって、なさけねーヤツら！」

とわめいた。男たちは一斉に殺気立って、

「ンだと？　てめえが女を世話するっていうから、金を払ったんだ——責任を取れや！」

と詰め寄ってきた。

「最初から騙す気だったんだろう！　そうでなきゃあいつら、あんなにすぐに消えたりしねえ！」

「知るかよ、そんなの！」

さくらは掴まれている胸ぐらをほどこうともがいたが、しかしがっちりと握られていてびくともしない。

「けっ、やっぱりてめえはあの母親の子だな——性悪《しょうわる》で、次から次へと男を替えてよ！」

男の一人がそう言ったとたん、さくらは顔を真っ赤にして、

「——ママの悪口を言うな！　このクソが！」

と怒鳴った。すると男たちも反応して、

「クソだあ？　てめえ、自分がゴミの癖に人をクソ呼ばわりか、ええ？」

と彼女をなぐりつけようと拳をふりかぶった。女相手でもまったく容赦なく、顔を殴《なぐ》る気だった。

「――！」

さくらは思わず眼をつぶった。――だが、その一撃がなかなか来ない。おそるおそる瞼を開けると、

「――つまんねーことをしてるな、あんたたち」

という声がして、男たちは全員がそっちの方を見ていた。

さくらも眼を向けると、そこには一人の少女が立っていた。黒い革のつなぎを着込んで、すらっと引き締まったシルエットを見せている。そしてその、こちらをまっすぐに見つめてくる凛々《りり》しい眼差し。

「…………」

さくらは思わず、その彼女に見とれてしまった。すると男のひとりが、ひっ、と小さく悲鳴を上げて、

「お、おいまずいぜ――ありゃ炎の魔女だ！」

と言ったら、他の者たちも怯えた表情になり、さくらから手を離して、そして今までの剣幕が嘘のように逃げ出してしまった。

「あ……？」

さくらが茫然としていると、その少女――霧間凪は彼女の方に近づいてきて、

「おい、そこのあんた――ちょっと話を聞きたいんだが」

と言った。さくらが眼をぱちぱちさせていると、凪はまた犬の写真を出して、

「これと同じような犬を、ここらへんで見なかったかな」

と質問した。

「え、えと」

「この辺にはよく来るんだろ、最近、この犬を連れた二人組が来たはずなんだ」

「……なんで、あたしがよく来るって思うのよ？」

凪は、これには即答せずに、

「まあ、ほどほどにしとくんだな——男たちから金をせしめるのは」

と言った。さくらの顔が強張る。凪は薄く微笑んで、

「友だちを紹介するとか言って、金を集めてんだろ？　そういうことは適当なところで切り上げないと、向こうは頭に血を上らせて面倒なことになるぞ。それにあんた」

凪はさくらの身体を上から下まで見て、そして、

「ごまかしてるけど、まだ中学生だろ。そんなことをするのは早いぜ」

と言う。さくらはずばり言い当てられて、口をもごもごさせてしまう。

「んあ、そ、それは——いや、でも」

「あんまり他の人を舐めるなってことだよ、結局。騙せた相手でも馬鹿にしない方がいい。どんな反撃を喰らうか、わかったもんじゃないからな。たとえば——」

そして真顔に戻って、

「――こんな風に、どうしてバレたのかわからない場所で待ち構えられたりするんだ」

と、さくらのことを正面から見つめて、

「今の連中、あんたをここで待ち受けていたんだろ。ということはここはあんたの馴染みの場所ってことだ」

そう言いきった。さくらはぎょっとした顔になり、

「……ぐ、偶然じゃないの？　ヤツらがいたのは――」

と訊き返した。凪は肩をすくめて、

「これが偶然なら、あんたはこれからずっと、会いたくない人間たちとたまたま出会い続ける人生になるだろうね。そういう星のもとに生まれているんだよ、きっと」

と皮肉っぽく言った。さくらは二の句が継げない。

「…………」

困惑しつつ、凪が自分に差し出している写真に眼を落として、そこで、

「……あれ？」

と気づいた。その犬ならほんとうに、最近見かけたことがあったのだ。

「どこで見た？」

凪は真剣な表情になって、そう訊いてきた。さくらはその眼差しに気圧《けお》されて、

「い、一匹だけでトコトコ歩いていたんで、なんだろうって思って……気になったんだけど、すぐにいなくなっちゃったから。港に向かう方の道で」

「まだ陽は暮れていなかったか？」

「う、うん――」

「そうか――」

それなら凪と出会う前の話だ。手掛かりとしては弱い。

「ありがと。じゃあ」

凪はそう言うと、きびすを返してレストランの駐車場に停めていたバイクに乗る。

「え――」

さくらは一瞬、ぽかんとしてしまったが、すぐにはっと我に返って、

「ち、ちょっと待って――待ってよ！」

と大声を出した。凪は顔をあげて、さくらの方を見る。

「なんだ？」

「いや、その、ええと――ありがとう、助けてくれて」

しどろもどろに、なんとかそう言った。そうだ、自分はこの人に助けられたのに、礼さえも言っていなかったのだ。

「な、なにか恩返しするわ。ご飯でもおごろうか？」

「別にいいよ」

凪はそっけない。しかしさくらは、なんだか自分がこのままこの人と別れてしまうのは、とても——惜しい気がしてしょうがなかった。これは人生でも、滅多にない出会いなのではないか、そんな感じがして仕方がなかったのだ。

「い、いや——あのさ、その犬を見たところに案内しようか？」

そう言ってみた。凪はぴくっ、と少し反応して、

「……なんでわざわざ？」

「いや、少し入り組んだところだったし、口じゃうまく説明できないし、そのときの犬の様子も変だったし——あと、ここから近いし」

くどくどと言いつのってしまう。なんだか怪しい感じになってしまう。でも凪は少し考えてから、うなずいた。

「そういうことなら、頼もうか」

「う、うん！」


「あたし、葉月さくら」

「オレは霧間凪だ」

「炎の魔女、ってあいつら呼んでたけど。それって綽名？」

「まあな、そんなトコだ」

さくらの案内で、ふたりは港が見下ろせる、段差のある歩道と歩道の間にある、階段のところに来ていた。

「ええと、ほらあそこ、道路の柵がちょっと途切れてるでしょ。あそこから出てきたのよ、あの犬。なんかこそこそした感じで、かくれんぼしてるみたいな」

さくらは説明しながら、その場所を指差す。凪は、ふーん——と言いながら、周囲を見回している。

「こそこそと味方にも内緒で、あの船に向かっていたのか？　だとしたら、なんで……」

ぶつぶつと呟く。なに、とさくらが訊くと、凪は首を横に振って、

「それよりも、どうしてあんたはこんなところにひとりいたんだ？」

と質問した。さくらは少し苦笑いを浮かべて、

「寂しくなると、あたしよくここに来るの。あの港をぼんやりと見てると落ち着くのよ」

と言った。あはは、とごまかすように笑い声を出して、

「……前にね、ウチのママがあそこでロケしてて、それを見ていたときのことを想い出しながらここにいると、なんだか安心するのよ」

「ロケ？」

「あたしのママ、女優なの。さっきの連中を騙せたのも、芸能人とコネがあるって言ったから

よ。でもママは忙しいから、あんまり会えないんだけどね、ホントは」

「ふーん」

凪はあいまいにうなずいて、さしてその話には興味がないような感じである。

「それで、犬はまっすぐに降りてきたのか」

そう言われて、さくらはややびっくりした顔になり、

「誰、って訊かないの？」

と問い返した。凪は肩をすくめて、

「どうせ聞いても知らない。芸能関係の知識は乏しいからな」

と言った。さくらは眼をぱちぱちとさせて、

「……変わってるわね、凪って」

と言うしかない。凪はそれにはまったく反論せずに、

「ママのことは好きか」

と訊いた。うん、とさくらはうなずいて、

「誰だってそうでしょ？　だってママなのよ。なかなか会えなくたってママだわ」

「そうかね――そういうもんか」

凪は気のない返事である。さくらは少しムキになって、

「なによ、凪はママと喧嘩でもしてんの？」

と訊ねた。凪はこれには答えず、

「じゃあ、パパはどうなんだ？」

と言った。するとさくらの顔がみるみる暗くなる。

「パパは——誰かわかんない……」

「ああ、いや——別にいい。悪かったよ」

凪はぶんぶん、と手を払って話を打ち切ろうとする。さくらはあわてて、

「ああ、いいのよそれは。もう気にしてないし。ていうか有名な話になってるから、むしろ知らない方が気まずいのよ」

と弁解するように言った。

「いや——無神経だった。すまない」

凪は顔をしかめながら、なんども頭を左右に振った。

「誰にだって、触れられたくない部分てもんがあるからな——」

「凪にもそーゆーことがあるの？」

「ああ」

「でも、そんな風には見えないわ。どんなことでも平気で切り抜けられそうで」

「そんなことは——」

「いいえ。そうよ。凪はどんなものにだって負けないような気がする。どうしてそんなに強そ

うなのかしら。あなたには特別な秘密でもあるのかしら」

さくらはまっすぐに、凪のことを見つめてきた。

「教えてくれない？　それがなんなのか。それはあなたのパパに関係しているのかしら？」

む、と凪の顔にやや緊張が走った。

「おまえ……さっきまでと、なんか違うな」

そう言ってさくらのことを睨み返したが、しかし彼女の方もひるみもせずに、凪のことを見つめ返す。

「ねえ、なんであなたは戦い続けているの——それを知りたいわ」

そう喋るさくらの足下を見て、凪は異変を悟った。

その影——それはさくらのシルエットではなかった。彼女にしてはそれは小さすぎて、まるで幼い子供のようだった。そしてなんだか、外国の僧侶《そうりょ》が着ている丈長服《スータン》のような形をしている。

さくらの表情は、もう中学生の女の子のそれではない。

獲物を見据える荒鷲《あらわし》のような鋭い眼光を放っている。

「おまえ……誰だ？」

凪の問いに、葉月さくらの身体を乗っ取っているものは、静かに名乗った。

「私はリキ・ティキ・タビと呼ばれている……魔女をこの世から消し去ろうと努力している意

志のひとつだ」

3.

（……え？）

さくらは、自分の身体が自分の意志とはまったく関係なく動いていることに気づいた。

いつからそうなっていたのか、よくわからない内に、自分の心が身体からはじき出されて、凪に向かって話している自分の姿が、外から見えている……。

「魔女ってのは——オレのことか？」

凪が、そのさくらの姿をしたさくらでないものに向かって訊いている。これに対してそいつは、

「魔女は魔女だ——君であるかどうかは関係がない」

と奇妙な返事をした。

「そのあまりの激しさ故に、世界を焼き尽くすか、あるいは凍《い》てつかせるか——魔女がすることはそれだけだ」

そう言いながら、さくらの身体はポケットの中をまさぐっている。

（あ……！）

そこに何があるのか、もちろんさくらの心の方は知っている。そこに入れているのは、彼女が万が一のとき、身を守るために用意しておいた物なのだから。

すっ……と出てきた手に握られているのは、ナイフだった。小さな折り畳《たた》み式のナイフ――しかしその鋭さは本物だった。

「……!」

と凪の眼が鋭くなったのは、その切っ先が自分を狙ったからではなかった。

それが向けられたのは、自らの喉笛だったのだ。ちくり、と先端が皮一枚を破って、血が流れ出た。

「――この身体を守りたいか?」

そいつがそう言ったときには、もう凪は動いていた。リキ・ティキと名乗ったそいつの方に駆け寄ろうとして――そして、その足がびくっ、と引きつるように停まる。

(え?)

さくらの心は、何が起こったのかわからなかった。

凪の喉から、血が流れ出していた。

そして傷ついたはずのさくらの喉には、もう傷がない――凪の方にそのダメージが転移していた。

「私に接近するということは、自らの身体で、こちらに加えられた被害を引き受けるということだ」

リキ・ティキが奇怪なことを言った。

「どうする、それでもこっちに来るか？　君がこの少女を助けようとする行為は、君自身を傷つけることになるんだぞ」

「――――」

凪は喉にかるく触れて、その血のぬるぬるとした感触を確かめるように指先をこすりあわせて、口元に持っていって、ぺろっ、と舐める。

そして、ぺっ――と吐き捨てた。

「――――」

無言のまま、彼女はさらに一歩前に出る。

「来るか……それが君の決意か――だが蛮勇《ばんゆう》にすぎない」

リキ・ティキはためらいなく、ナイフに力を込めてさくらの喉を突き刺そうとした――その瞬間、凪は走り出していた。

さらに相手に接近しつつ、その喉から血が噴き出そうとした瞬間、彼女の手が素早くその首筋に伸びている。

ぐっ……と、彼女の手が何かを握りしめた。それは彼女に突き刺さろうとしていた見えないナイフの刃だった。

手が傷ついて、血が出てきたが、彼女はそんなことにはおかまいなしで、その手を思いっ切り横に払った。

すると、さくらの身体の方でも、ナイフが横に吹っ飛ぶように動いて、手からもぎ取られた。

……攻撃してくる瞬間に、逆にそれを掴み取ってしまったのだった。ダメージが伝わるということは、何らかの形でお互いがつながっているということである——その瞬間にだけは、こっちも相手に干渉できるのだ。

リキ・ティキも手からナイフが奪われて一瞬、次にやれることを見失った。

凪にはそれで充分だった。彼女はさくらの身体にタックルして、地面の上に押し倒すように押さえ込んだ。

(——はっ)

と、ここでさくらの目の前に、急に凪の顔が現れた。彼女の喉から垂れ落ちる血が頬にかかる熱い感触があった——もとの身体に戻っていた。

「あ、ま、待って——!」

声を出したら、ちゃんとそれが音になって外に伝わった。

そのときにはもう、凪は彼女から離れて別の方向に視線を向けている。

敵がよそに〝移った〟ことは彼女には感じられていたのだ。

そこに、声が聞こえてきた。

「意志——君の意志。君の強さ、力を支えている、その源……」

それは男の声だった。さくらには聞いたことのない声だったが、凪はその瞬間に顔を、ぎしっ、と強張らせていた。

「君が私に接近していったということは、その意志さえも君に跳ね返っていったということ……それがこうして、露わになる」

凪とさくらは、その声が聞こえてくる背後に視線を向けた。

そこには一人の男が立っていた。凪はもちろん、その男の姿を前にも見たことがあった。

それは凪の実父、霧間誠一の姿をしていたのだ。

「…………!」

凪は異変に気づいた。目の前に父親の幻影が見えるだけではない。

いつのまにか、自分たちがいる場所が、さっきまでとは別のところに変化していた。

白い。

辺り一面が真っ白になっている。

雪景色——というよりも、それはほとんどモノクロームの風景だった。白と灰色だけで、他の色がない。空までも青くない——。

その中に、霧間誠一が立っている。

「君が私に近づけば近づくほど、隠されているものが君を襲っていくことになる……既に君は、その一歩を踏み出してしまった。もはや後戻りはできないぞ」

凪の父親の姿をしたリキ・ティキがそう言うと、周囲の白い風景がもこもこと蠢《うごめ》いた。その下からにょきにょきと何か白っぽいものが一斉に伸びてきた。

ぱっと見では、何か植物の芽でも生えてきたのかと思われたが、違った。それは人間の腕だった。

白い手が地面から無数に突き出されていて、そして——起きあがってきた。

真っ白な人間たちが、次々と風景から滲《し》み出るようにして出現し、凪とさくらを包囲していく。彼らのすべてが白かった。腕も足も胴も顔も、髪も目玉も、すべてに霜が降りていて、どこもかしこも凍りついているのだった。

「ひっ……！」

さくらが悲鳴を上げた。さくらを抱き寄せて、リキ・ティキからいったん離れようとしたが、その瞬間に悪寒《おかん》にも似た感覚が全身を走った。

（——違う）

逃げようとした足が停まった。

（これは幻覚だ——実際にこの場に飛ばされてきたわけではない……見た目よりも寒くない。オレたちの心だけが、ここにいるように思わされているだけ——じゃあ、本当のオレたちの身体は――）

そう思いついた一瞬だけ、視界の隅にそれが見えた。

さくらの上に被さるように倒れている自分自身の姿が足下に転がっていた。さっき彼女に飛びついたときと同じ姿勢をしていた。その時点で彼女の意識は干渉を受けていたのだ。

だが――すぐにまた白い世界に引き戻される。幻覚のパワーは凪の精神力を凌《しの》いでいた。

「ほう……わかるか」

霧間誠一の姿をしたリキ・ティキが静かに語りかけてきた。

「逃げない、か――さすがというべきか。だが、それだからこそ危険なのも事実」

「てめえ――そんな格好してみせて、オレが焦るとでも思ってるのか？」

凪がそう言うと、リキ・ティキは微笑んで、

「そう思っているのは、君自身だ。この姿の人間が自分の弱点だと思っているから、君にはこのイメージが跳ね返っていく――それが私の〝能力〟なのだから」

「…………」

「君が感じている通りだ。君がこの場から逃げていくことは、君の身体から心が離れていき、二度と元には戻らなくなるということ。現実世界では昏睡《こんすい》状態になり、永遠に目覚めない――だが、それはある意味では、君のためなのだ」

「どういう意味だ？」

「そうなったら、君はもう戦わなくてすむ。世界とも、自分自身とも――そして魔女とも。そしてそれは、この姿の人物の願いでもある……この人ならきっとそう言うだろう、と、君は感じている」

4.

その男が言っていた言葉を、凪は今でも考え続けている……。

〝たとえ世界がどんなに揺れ動こうとも、その中で揺らぐことのない心を持つんだ。それだけがきっと、おまえをほんとうに守ってくれるものになる――〟

だが、その本人が突然死んだときに、凪は激しくとまどい、動揺し、現実をなかなか受け入れられなかったものだった……あまりにも混乱したため、凪は自分が悲しいのか、それとも身勝手に死んだ父を憎んでいるのかさえわからなくなった。

（今でも――わからないのかも知れない）

幻影の白い世界に閉じこめられて、震えるさくらを抱きかかえながら、凪は目の前の父親の姿を睨みつけていた。

「――腹が立つ、な……」

ぼそりと呟いた。

「やっぱり見ていると、腹が立つ――許してねーんだな、オレは……」

凪が動くべきかどうか逡巡《しゅんじゅん》している間にも、周囲の白いゾンビのような凍りついた者たちが立ち上がり、そして彼女たちを包囲するかのようにふらふらとうろつき出す。しかしその動きには法則性がなく、何も目指すものがないかのようだった。

その口元がびくびくと痙攣《けいれん》するように動いている。何かを喋っているのだ、と凪は気づいた。同じ動きを何度も行っている。譫言《たわごと》のように同じ言葉を繰り返している。

〝……ぎす、……るぎす、……ヴァルプルギス……ヴァルプルギス……ヴァルプルギス……〟

なんのことだ、と凪は思ったが、そう言いながらそいつらが全員、自分のことを見つめているので、こう感じざるを得ない。

（……それは、オレのことなのか？　オレがその――）

「それは君であって、君ではない……それは君を縛りつけている運命にして、我々の世界すべてを覆い尽くす、千兆の呪詛《じゅそ》の収束点のひとつ」

霧間誠一の声で、リキ・ティキは静かにそう言った。

「そう――かつては長谷部鏡子に憑いていた運命だった……」

その名前を聞いて、凪の顔色が変わった。

「――なんだと？　てめえ、今なんて言った？」

すると、彼女たちを取り巻いている白ゾンビの群れに変化が生じた。

くるっ、と一斉に振り返って、凪の方を見た。まるでたった今、見つけましたというような感じだった。

（しまった――）

凪はミスを犯したと悟った。リキ・ティキは〝跳ね返っていく〟といった――凪の怒りが相手に向いた瞬間、その突き刺す感情がそのままゾンビたちに入り込んだのだ。

真っ白く凍りついた者たちが、凪めがけて襲いかかってきた。

「くそっ――！」

凪はそいつらを振り払おうとしたが、しかしそのどれを、どこの箇所を蹴っても殴っても、自分の身体の同じところに、同じ衝撃が返ってくるばかりだった。当然、向こうは倒れもせず、凪はたちまち組み伏せられてしまった。

だがその寸前に、なんとか彼女は横にいたさくらだけは突き飛ばして、ゾンビたちの包囲の外に押し出した。

「う、うわ、うわわわ……！」

さくらは腰を地面に落としながらも、じりじりと後ずさった。逃げようとする。

すると——そこで奇妙な現象が起きた。

さくらの手が透けて、下の地面が見えた。

腕も、足も、腰も——彼女の身体全体がどんどん薄くなっていく。

「な、なにこれ——」

さくらが上げる声も、どんどん掠《かす》れていく。そして彼女の姿は、完全にこの白い世界から消えてしまった。

「——!」

凪は一瞬焦ったが、すぐに悟る。

「……もう、さくらの役目は終わったので、さっさと解放したのか——」

そう言いながら、リキ・ティキのことを睨む。

「最初から、オレをこの幻覚に引きずり込むこと、それだけが目的だったんだな……!」

「君自身の怒りが、君を閉じこめる檻《おり》となるのだ」

霧間誠一の姿で、うなずいてみせる。

「これもまた時間稼《かせ》ぎに過ぎないが——君の精神が停止していれば、それだけ魔女戦争の幕開けを遅らせることができる」

＊

……はっ、と我に返った。

地面に倒れ込んでいたさくらは、びくっ、とその身を起こす。

その横には霧間凪が倒れていた。眼を見開いたまま、気絶した状態である。

「な、なによ——なんなのよ、どうしたのよ！」

さくらは焦って、凪を起こそうと揺さぶった。しかし反応は全くない。脈や呼吸は正常なのに、意識だけが完全にないようである。

「や、やだ——なによ——どういうことよ、これ……！」

そして気づいた。

二人の前方に、ひとつの影のようなものが立っていた。

子供の体格をしていて、全身をすっぽりと覆う丈長服《スータン》を着込んでいる。そのシルエットには見覚えがあった。

さっきまで、自分の影がそういう形をしていた——彼女に取り憑いていた、リキ・ティキ・タビであった。

その鋭い眼差しが、倒れている霧間凪のことを突き刺している。その立っている位置が、さくらがこの前犬が歩いて行くのを見た、その進路の上にいた。彼女には知る由もないことであったが、彷徨《さまよ》えるエネルギー体であるリキ・ティキが現れることができる場所は、何らかの形で別の者が、強くその場所を意識して〈めじるし〉《マーキング》を付けてくれたところだけなのだ。

〝…………〟

その険しい表情には鬼気《きき》迫るものがあった。ひたすらに凪を睨みつけていて、さくらのことなど一瞥《いちべつ》もしない。

「こ、この……！」

さくらは何がなんだかよくわからないが、とにかくあいつが凪の昏睡状態の原因であることだけは察したので、足下の石を拾って、リキ・ティキめがけて投げつけた。

しかし石は相手の身体に当たるか当たらないかのところで、ふっ、と消えてしまい、そしてさくらの背後から飛んできて、彼女の背中に当たった。

「……わっ?!」

さくらは、自分が行った攻撃を自分で喰らって、驚いてひっくり返った。大して力が入っていなかったので、傷にはならなかった。

（——ど、どうしよう、どうすれば……！）

身を起こして、また相手を見た。

そして……あれ、と思った。

その、何者も触れることができないリキ・ティキの顔に変化が生じ始めていた。

さくらには見えない、別の誰かに向かって何かを話している——その表情が真剣を通り越して、必死なものになっていた。

〝な、なにい——なんだとぉ……！〟

もはやはっきりと、それは恐怖を感じているのだった。

5.

……少しだけ時間が戻る。


「くそっ——！」

凪は白いゾンビたちに取り押さえられて、まったく身動きがとれない。それにこの真っ白い世界——彼女から見て、どこにも凍りついていない箇所がなかった。果てしなく氷だった。

「ここは〝魔女の未来〟のひとつ」

霧間誠一の姿をしているリキ・ティキがそう言った。

「その凍りついた者たちは、魔女によって滅ぼされた者たちの想いが実体化したものだ。ここに生きている者は誰もいない——」

「魔女……？」

こいつはさっきから、その言葉を繰り返している。

「アルケスティスの方は、もう動き出している——冥加暦という、これ以上ないほどに馴染む、ふさわしい器を手に入れて、おそらくは史上最強の存在になっている……今しかない。せめて君の方を停めることで、魔女戦争を食い止める。そのために霧間凪、君のたったひとつの弱点を利用させてもらった——君は慎重な人間だが、誰かを助けるときにだけは攻撃をためらわないからな」

リキ・ティキはうなずいた。

「そう、君から攻撃してくれなければ、私からは手を出せない——この〝魔女の未来〟にしても、あくまで君の潜在意識から生み出されたものであり、やはり跳ね返っているものなのだ」

「な、なんだと……？」

こんな異常な世界を想像したことなど、凪には一度もない。それなのに潜在意識というのは——どういうことだ？

「これはヴァルプルギスが考える〝敵〟のイメージなのだ。これと戦うために、つねに備えている危機意識の顕《あらわ》れ……それが今、君を封じる力となって働いているんだよ。すべては君から出ているパワーなんだ。魔女に対抗できるのは、結局は魔女の力しかないということだよ」

発せられる言葉は凪にはなにひとつ理解できないものばかりだった。そうしている間にも、

相手の姿がだんだん変わっていく。父親の姿だったのが、フードを被った子供の姿になっていく……あれが、

（——リキ・ティキ・タビ……？）

凪には信じられなかった。あんな幼い子供のような者が凶悪な敵だというのか？　凪にはその相手が悪い奴に見えなかった。むしろ——自分と同じように……。

（なにかを守ろうとしてるような……そんな眼をしている……）

その凪の視線に気づいて、リキ・ティキが悲しげな顔を見せた。

「僕の姿が見え始めたようだな——君に対する封印が完成しかけている。力のことごとくが、内向きに作用し始めているんだ。君という正義の味方をこのような形で失うことは、重大な損失かも知れないが——霧間凪、これもやむを得ないことなんだ……これから君を、アルケスティスから隠して保護する役目は、きっと織機綺が果たしてくれるはずだが、彼女は僕を許さないだろうな——」

詫《わ》びるような口調で、そう言った。だが凪はその言葉をほとんど聞いていなかった。

彼女は——リキ・ティキのことを見ていなかった。

「…………」

彼が話している途中で、その横にもう一つの影が浮かび上がるように出現したのだった。

それは女だった。どこかで見たことがあるような姿をしている。

その美しく、まっすぐにこちらを見つめてくる瞳は——なんだか揺らめく炎のような光を放っていた。

「ああ、ああ——ずいぶんと間抜けなことを言っているよな、こいつは——」

女はそう喋った。しかし、その声はすぐ前に立っているリキ・ティキには届いていないようだった。動けない凪にしか聞こえず、姿も見えないようだった。

「正義の味方、だってさ。あんたがそうなんだってさ、霧間凪——どう思う？」

せせら笑うような声が、凪の耳朶《じだ》を打つ。

「でも、あんたは知っているよな。他の誰よりもそのことを実感しているのが、あんたなんだから——正義の味方なんて、そんなものはこの世のどこにもいないってことを、さ……だからあんたは、こんなことをしているのだから」

凪は、そいつが何に似ているのか……いまひとつ理解しにくかった。そのことを考えるのが、とても苦痛だった。でも、それでもそいつの姿は、誰かに似ていた。

そいつは笑っている。

「自分でも、これがただのごまかしだってことを、知っている——あんたはただ、寂しくて寂しくて、それを紛らわせるためだけに、こんなことをしている……正義の味方の真似事なんて、他のもっと虚《むな》しいことから逃げるためのものでしかない。あんたの、その罪悪感に満ちた人生から眼を逸らすための言い訳。世界はこんなにも罪にあふれているのだから、自分がしてしまったことも、できなかったことも仕方がないことなんだ、ってね——だから悪を見つめて、それと対峙し続けるような、こんな人生を選んだだけ……そうするしかなかっただけのこと。そう——そのことを〝私〟はよく知っている。よぉく、ね——」

そいつは、ゆっくりと凪の方に歩いてきた。リキ・ティキの視界に完全に入っているはずなのに、やはり彼にはその女の姿がまったく見えないようだった。

似ている……確かに似ている。

その顔はなんだか、凪の実母である長谷部鏡子のようにも見える——いや、それよりも、

（こ、こいつは——）

眼を見開いた凪の前に、そいつは身体を曲げて、顔を近づけてきた。ふふん、と鼻を鳴らす。

「危機意識だってさ——そんなこと、言われなくたってわかるわよなぁ、いつだってあんたは、ぴりぴりぴくぴくと生きてきたんだからさ。でも、もういいんじゃない？　そろそろ楽になってもいい頃だよ——」

そして顔を、さらに寄せてくる……その顔を、凪は知っていた。それと同じものと、面と向かって会ったことなど当然一度もないが、よく知っていた。それは紛れもなく……

（こいつは……〝オレ〟なのか？）

霧間凪の顔に、それとそっくりな顔をしたそいつは接近してきて、そしてその唇を唇の上に重ねた。一瞬だけ、舌を相手の口の中に吸い込まれるような感触を覚えたが、その次の瞬間に、

凪の意識はどこかに飛ばされてしまって、消え失せていた。

リキ・ティキは、白いゾンビたちに取り押さえられて動けない凪の様子が少し変わったことに気づいた。

「……?」

わずかに首を上げ、唇を半開きにしたところで、表情が一変した。

ふふん——と嘲笑にも似た不敵な顔になり、そしてリキ・ティキのことを見つめてきた。

そして不思議なことを言う。

「まあ——ずいぶんと健気《けなげ》ではある……意地だけでここまで意志を持続させ続けてきたのだから。しかし所詮は……」

言いながら、その身体を起こそうとする。するとこれまで同様に力が跳ね返されて、自分自身が抑えつけられる——だが、それでも立ち上がっていく。

「な……?」

リキ・ティキの顔に驚きが浮かんだ。それはあり得ない光景のはずだった。この〝力の反射〟は無敵のはずだ。決して相手を倒せない代わりに、破られることもない能力で——そう思ったときに、彼は見た。

起きあがっていきながら、凪の身体が破壊されていくのを——だが、その破壊よりも遙かに早く、その傷が治っていくのだ。

そして取り囲んでいた白ゾンビたちをしがみつかせたまま、とうとうまっすぐに直立する。

「なにい——なんだとぉ……？」

リキ・ティキは思わず後ずさった。そこに、凪はゆっくりと接近していく。

「所詮《しょせん》はまがいものだ——光をいくら反射できても、月は太陽にはならないように、そこには絶対的な差がある……」

彼女の身体が……変わっていく。

その白い肌が赤く染まっていく。

それと同時に、しがみついているゾンビたちから煙が立ちのぼりだしたかと思うと、次の瞬間にはそのすべてが——蒸発してしまった。

「鏡に光を当てれば跳ね返せるが——輻射熱をすべて消し去ることはできない。どんな小細工を弄《ろう》そうとも、なにもかもを焼き尽くす炎を遮ることなど、できはしない」

超高熱で青白く輝く髪がたなびき、その深紅の肌の上にびっしりと黒い紋章が浮かび上がる
……その姿を、リキ・ティキは戦慄と共に見つめることしかできない。

「こ、これが——炎の魔女、ヴァルプルギスの——」

言いかけたところで、その赤い手が素早く伸びてきて、リキ・ティキの細い首を掴んだ。

ごりり、と凹んだのは彼女の首の方だったが、そんなことにはお構いなしで、彼女は力をぎ

りぎりと増していく。

「意味はない——いくら跳ね返しても、意味はない……おまえと私では、耐えられる許容範囲が違いすぎるのだから」

その首から、ぶしっ、ぶしっ——と血が噴き出す。だがその破れたところも一瞬で塞がってしまう。

「う、うお、うおおおお……」

リキ・ティキの方は、首を掴まれて動けない。ガードされていて、攻撃にはなっていないのかも知れないが、しかしそこから逃れることもできない——どこまでもどこまでも跳ね返し続けてもなおも加えられ続けるパワーを前に為す術がない……そして、やがて限界が来る。

ぴりっ、というかすかな音がしたようだった。そこで紅く燃えるような彼女は、にやりと笑った。

「どうやら穴が開いたようだな——終わりだ」

その微笑みは、明らかに楽しんでいた。破壊することを、虐殺することを悦《よろこ》んでいる、そういう笑い方だった。

「う……」

リキ・ティキの、子供の首は実に簡単に、ぽっきりと折れてしまった。

彼女はその首を離すと、彼の身体がその場に崩れ落ちる。

「千年の妄執《もうしゅう》もここまでだ、亡霊よ——消滅しろ」

足をあげて、そして彼を踏み潰そうとする——だがその瞬間、リキ・ティキは首がねじ曲がった状態で、眼球だけを相手に向けた。

最期《さいご》の意志を振り絞って——反射を実行した。

ゆらり——とその姿がゆらめき、別の姿に変わった。

それは幼い少女の形をしていた。まだ幼い、パジャマ姿の病床の少女が、明るい調子で自分を見舞いに来た者に向かって、笑顔で——

〝なればいいじゃん、きっとなれるよ〟

——そう言った。それはまだ己の人生を選択していない頃の、一人の少女だった。何の力もないような、そのイメージ……だがその姿を見た瞬間、

「——ぐっ！」

彼女は頭を抱えて、後ずさった。

「こ、こいつ……霧間凪……！」

後退するのみならず、その膝ががっくりと折れて、地面にへたりこんだ。力が抜けていっていた。

「おのれ、小癪《こしゃく》な——まだ人間でいるつもりか……！」

彼女がそう言っている間にも、リキ・ティキの姿はどんどん薄れていき、そして消えてしまった。

それと同時に、凍りついた白い世界も霞んでいく。消えていく——。

6.

……織機綺たちの前に現れたリキ・ティキの幻影も、だんだんと消えていこうとしていた。

それでも、その幻影は綺のことを見つめていた。

〃……やはり、勝てぬ——魔女には……どうすることもできない。だが、まだかろうじて、ひとつだけ保っているものがある……〃

「え？」

綺にはその声がはっきりと聞こえた。

〃今や魔女と戦う力があるのは、霧間凪の意志だけ——それだけが世界を支えている……彼女の、他の者を守りたいという意志だけが……だから僕は、君に託す〃

そう言って、幻影は綺の方に手を伸ばしてきた。

「な、なに……？　何が言いたいの、あなたは——」

〝凪が守りたいと思っている人々の、その象徴である君に――せめてもの対抗処置を――君にこの〈リキ・ティキ・タビ〉の力を託す――〟

「え？」

綺がその意味を理解するよりも早く、少年は指をたてて、彼女に向かって印を切るように振った。

ぴりっ――と綺の胸の奥で、小さな小さな傷がついたような、そんな痛みが走った。

それで終わりだった。無惨にも首を折られた少年の幻影は、そのまま消えてしまった。

「……え……？」

綺は茫然としてしまっている。彼女の周囲にいる正樹、健太郎、ラウンダバウトも茫然としている。

だが――

「なんだったんだ、今のは……何もしないで、消えやがったぞ。何か言いたそうだったが、何も言わないで――」

健太郎のその言葉に、綺ははっとなる。そして他の者たちの方を見るが、皆その言葉には何の不審も抱いていないようで、彼女はここで悟る。

（私にだけ――今の声が聞こえたの……？）

君に託す。

確かにそう言ってきた、あの必死な言葉を。

*

「あ、あああ……？」

港が見える場所で、葉月さくらは愕然としていた。

怪しげな影は、すべて消えてしまったが——その間に異様なことが起こりすぎた。

倒れ込んでいる霧間凪の身体は、二、三度大きく痙攣したかと思うと、首から血をびゅっ、びゅっと噴き出させたりして、傷を負ったのかと思うと、何でもなく、そして——ぶるるっ、と身体を大きく震わせたかと思うと、彼女は……眼を開けた。

「う——」

「な、凪？」

さくらは彼女の身体を抱き上げた。すると凪も彼女にしがみついてきた。その身体が、びっくりするくらいに冷たかった。

「——お、オレは……」

「だ、大丈夫なの？　あのオバケは消えちゃったみたいだけど——」

「オレは……子供の頃……」

凪はぶつぶつと、訳のわからないことを呟いていた。

「そうだ、まだ子供の頃だ……入院していて、治るアテはなくて……でも、そこにあの人が来てくれて……」

彼女はさくらから身を離して、よろよろと立ち上がった。

「……なんで今頃そんなことを、こんなにも想い出しているんだ、オレは……」

彼女は空を見上げているが、空そのものは見ていない。

今、何が起こったのか思い返そうとするのだが、そのことはちっとも覚えていない。自分が何をしたのか、何になっていたのか、そのことの記憶は一切残っていなかった。


霧間凪。

彼女はまだ、自分が何と戦うように運命づけられているのか知らない。

"Repent Walpurgis"
Fire1. "Warning Witch" closed.

それは警告だというものもいて、兆候だというものもいて、
私がその場所に立っていたとき、それは空から落ちてきて、
心に語りかけてくるのがわかった——すべては我々次第で、
決めることができるのは、こちら側からだけなのだ……と。

——ナイン・インチ・ネイルズ〈ウォーニング〉

change of epsode

……その空港はあまり利用客もおらず、閑散とした空気だった。それほど広くなく、いくつもの国と国境を接するこの国では、飛行機を利用する者は少ない。他の国と国との旅行の中継地点として活用されているくらいだった。

「それじゃ、私はチケットを取るついでに、この犬を貨物室に入れるように頼んでくるので」

パールがそう言って、モンズと共に受付の方に行ってしまったので、待合い席のその場にはジイドと、

（こいつ——アルケスティス……）

彼がどうにも信用できない、その奇妙な女だけが残された。彼女は、よろしくねえ、とか言いながら、パールに手を振ってみせたりしている。

腰まであるほどに長く、闇のように黒い髪が湖水のように美しく、陶磁器のような白い肌は生き物と言うよりも、なんだか人形のようでさえある。美人ではあるが、なんとなく——非現実的な雰囲気を身にまとっている。

（なんだか、いつもふざけているみたいな感じなんだよなー……なんなんだよ、この女は——）

彼がかすかに舌打ちして、女を睨みつけていると、

（……あれ？）

いつのまにか、女と眼が合っていた。確かに後ろを向いていたのに、振り向いたところを見

た覚えがないのに——女は彼の眼をまっすぐに覗き込んでいる。

「——なんなんだこの女、って思ってるわね？」

そう言われて、ジィドは顔をしかめた。感情を全然隠していないので当てられても全然驚かないが、不愉快ではある。

「おまえさあ、なに、強いわけか？　俺様やパールよりも？」

「さあ、どうかしら」

「それとも、あのフォルテッシモとかいうヤツよりも強いのか。統和機構がおまえにビビってるってのは、そういうことなのか？」

「別にどうでもいいんじゃないの、あなたは——負ける気はしないんでしょう、私には」

「俺様はただ、誰にも負ける気がしないだけだよ」

ジィドが真顔でそう言うと、彼女はくすくす笑った。

「そうそう、そういうのがあなたの個性だわ。その性格があなたをして、あなたたらしめている——そして、私は魔女のひとり。ふたりのうちのひとり」

窓の外では飛行機が飛び立っていく。轟音が辺りをびりびりと震わせる。

「ふたり？」

「ええ——それはもう、いつでも、どこでもあることよ。必ずそのふたつは、対になって存在している——」

「ああ？　なんだそりゃ」

「光と闇、生と死、右と左、そして善と悪――世界というのは、二極分離したふたつの概念によって構成されているのよ。それは、私たちも同じ――魔女は、常に二人いる」

彼女が歌うような口調でそう言うと、男の方は顔をしかめて、

「魔女ねぇ――てめえで言ってて、恥ずかしくねぇのか？」

と挑発するように言った。しかしこれに彼女は、

「ふふっ――」

と、穏やかな微笑で返した。

「何がおかしいんだ？」

やや身を乗り出しかけた男に、彼女は揺らぎのない声で、

「あなた――自分では一度も、それこそ生まれてから一度も恥ずかしいって気持ちになったことがないでしょう？　他人がそう言っているので、そういうこともあるんだろう、って適当に言っているだけだわ」

と、静かに言った。

「――」

男は口を閉じる。そこに彼女は言葉を重ねる。

「あなたは、それこそ世界中でも数えるほどしかいないトップクラスの〝恥知らず〟なのよ。

それは貴重な才能だわ。ねえ、人間戦闘兵器さん？」
空港の窓の外で、飛行機が遠い外国に向かって飛び立っていく。その轟音が遮断されている
この区画にも届いて、空気がぴりぴりと震える。その振動が消えたところで、男は口を開いた。
「……なんだ、その断言は？　おまえが俺様のことをどれだけ知ってるっていうんだ？」
「知ってるわ——何もかもね。あなただけじゃなくて、この世界のすべてを、私は知っている
——まあ、大雑把《おおざっぱ》なんで多少は強引に解釈しちゃってるところも、なきにしもあらずなんだけ
ど、ね」
彼女は悪戯《いたずら》っぽく、肩をすくめてみせた。男は、はっ、とかすかに鼻を鳴らした。
「ふたりの魔女、ねえ——じゃあ、なんだ。おまえみたいな変なのが、もうひとりいるってい
うのか？　アルケスティスさんよ」
「あら——」
彼女は面白そうに、くすくすと笑った。
「私みたいなの、ではないわ——言ったでしょう、対になっているって。私とは正反対よ。ヴ
アルプ——彼女の方はね……」
彼女はなんともいいようのない、とても遠い眼をしていた。
「そう、それはどこの世界でも同じなのよ。リ・カーズとオリセ・クォルトのように、互いに
相容れない魔女同士は、永遠に戦い合って、たとえ世界全体を巻き添えにしようとも、ひたす

らに潰し合うさだめなのよ——このアルケーとヴァルプと——どちらかが滅び去るそのときまで」

轟音が響き、空気がびりびりと震える。

（けっ——）

会話をしていても、ちっとも要領を得ないので、やがてジィドは腕を組んで、そして眼を閉じてしまった。

……眠ってしまった。

彼は、暇さえあればどこでも、ほんの数十秒の間であっても、平気で眠る。そしてすぐに起きる。なにか変な気配を感じても起きる。神経質なくらいにすぐに起きるが、それでも眠るときは一瞬で寝てしまう。睡眠をとれるときにとっておくという、それは野生動物のようでもあるし、肉体を機械的にコントロールしきっているともいえる。飛行機の騒音も何度も繰り返されるが、ジィドはその騒音を〝無害〟と判断しているらしく、眼を覚まさない。ふてぶてしいという言葉は彼のためにあるような、そんな様子である。

「……ふふっ」

そんな彼の不遜《ふそん》な態度にも、アルケーは平然としている。

彼女は視線を別の方に移す。そこにはひとりの幼い女の子が座っていた。両親に〝ここで待っていろ〟と言われたらしく、ちょこん、とかしこまった顔で、少しだけ不安そうな表情で座っている。

アルケーは女の子を見て、なにを思ったか、すっと立ち上がって、

「ねえ、そこのあなた……すこしおしゃべりしない？」

と少女に話しかけた。その言葉は、さっきまでジィド相手に喋っていたのとは別の言葉で、しかもとても自然だったので、女の子の方はやや驚いた顔になり、

「お姉さん、外国人じゃないの？」

と、つい訊き返してしまった。するとアルケーは優しく微笑んで、

「ああ、たしかにこの国の人間じゃないわ。ていうか、どこの国の人間でもないんだけど」

と言った。

「え？」

「私は魔女なのよ」

きょとんとしている女の子に、アルケーはウインクして、

「ふつうではできないことができて、ふつうでは見えないものが見える、それが私」

と言った。

「え、えと」

「たとえば――ほら」

そう言った次の瞬間には、彼女の手の中に小さな、ふわふわしたものが現れていた。手品で

出したような感じだったが、それを見て女の子の顔が、ぱっ、と輝いた。

「あっ！　それ持ってた！　おんなじの！」

それはウサギのマスコットだった。その小さなオモチャを渡されて、女の子は嬉しそうにそれを指先で撫でた。

「大事にしてたんだけど、でもなくしちゃって——」

言いかけて、あれ、と気づいた。

そのウサギの左脚の付け根当たりに、青い染みがついていた。それのことを彼女ははっきりと覚えていた。父親の万年筆のインクが染み込んだ跡で、さんざん洗ったのにどうしてもとれなくて——それと同じ染みが、今、この知らない女の人が出してみせた物にもついている……そんな偶然は、

「ありえない。でもそれができるから、魔女なのよ」

アルケーは穏やかな顔をして、そう言った。

「…………」

女の子がぽかん、としていると、アルケーはさらに、

「そのウサちゃんはまだ、大したことのない方に入るけど——でも本当に取り返しのつかないことは、これは魔女でも難しいんだけどね」

と言って、ふふっ、と微笑んだ。

「あなたは知ってるかしら、知らないでしょうね、あなたが生まれる前のことだもの——この場所で昔、大勢の人間が一度に死んでしまったことがある。飛行機事故が起きて、乗っていた人間が全員死んでしまったことがあったんだけど」

アルケーは笑顔のまま言う。

「そのときに魔女が生き返らせたのは、たったひとりだったわ——それが魔女の限界」

「…………」

女の子は絶句してしまっている。

「どういうことだか、わかるかしら？」

アルケーの声はあくまでも優しい。それにつられるように、女の子も問いかけに答える。

「え、えと……ひとりだけしか助けられなかった、ってこと？」

「いいえ」

アルケーは首を横に振る。

「どうしてそこで、ひとりを助けちゃったのか——せっかく楽になれたのに。みんなと一緒に死なせてあげればよかったのに……でも、それができないのが、アルケスティスの限界。すべてを凍りつかせても、それを支える意志をひとつだけは取っておかなきゃならない——なにもかもを燃やし尽くしても全然平気なヴァルプルギスに、その点でどうしても勝てない……」

困ったものね、とアルケーは首をすくめたが、そもそも話の内容自体が理解不能なので、なにに困っているのかまったくわからない。

「…………」

「あなたは、誰かと喧嘩したことある？」

「う、うん。そりゃあ誰だって」

「どうしても勝たなきゃならない喧嘩をするハメになったとき、あなたならどうする？　相手はとっても強くて、怖くて、おっきいのよ。そんなときはどうすればいいのかしら」

「——あやまっちゃう、とか？」

女の子がそう言うと、アルケーは嬉しそうに微笑んで、

「ああ——そうよね。それができたら最高なんだけどね。あいにく相手は私のことを絶対に許してくれないのよ。逃げることもできないし」

と言って、そしてここで初めて、彼女は少しだけ、真剣な眼差しになった。

「そういうときは仕方がないから、ずるい手を使っちゃうのよ。勝つ方法はそれしかないんだから——たとえば」

彼女がそう言いかけたときに、向こうの方からパールが歩いてくるのが見えた。アルケーは立ち上がりつつ、もう女の子の方は見ないで、

「相手の親を巻き込んじゃう、とかね……」

と言いながら、自分もパールの方に歩き出した。横で寝ていたジィドが、ぱっ、とそこで眼

を覚まして、後を追っていった。そのまま奇妙なその三人組は、空港の搭乗口方面へと姿を消した。

「…………」

ひとり残された女の子は、しばらく茫然としていたが、やがて手の中のウサギのマスコットに眼を落とした。

なくしたと思ったものが、手元に返ってくる……それが必ずしも嬉しいだけではなく、なんだか不気味な感じもするのだということを、女の子はそのときに初めて知ったのだった。

＊

——そして同じ頃、白い病院の研究室で、亜麻色の髪に青白い肌の色をした博士がひとり、気の抜けたような顔をしてデスクに座っている。

しばらくぼんやりとしていた博士は、唐突に、

「やあ——予想よりも遅かったな？」

と背後に向かって言った。

そして振り向くと、一瞬前までは誰もいなかったはずの場所に、ひとりの男が立っていた。

この病院にある様々な警備システムをかいくぐって、まったく悟られることなくこの場にまで

到達した男だった。

「ほう、来ると思っていたのか？　覚悟の上ということか？」

と男は冷たい口調で言った。だがこれに博士は首を横に振って、

「覚悟？　なんでそんなものがいるんだね？　私と君たちには共通の利益につながる要素が山ほどあるというのに、なんで会うのに覚悟なんぞしなきゃならないんだね？」

と不敵に言った。それからやや鼻白んでいる相手に向かって、

「こっちのことはご存じなんだろう？　だったらそちらから名乗っていただくのが効率的というものだな。君はなんというんだ？　本名に近い方で教えてもらいたいもんだね」

とさらにふてぶてしい調子で質問した。男はやや苦笑いを浮かべつつも、答えた。

「私のことは、ドーバーマンと呼んでもらおうか、ドクター釘斗。それで――あなたが我々に対して提供できる取り引き材料というのは、いったいなんだね？」


……霧間凪を巡る運命は、様々なところで既に動き始めていた。

To Be Continued Fire2. "Spitting Witch"

あとがき――正しくて、間違っていて

世の中というのは割り切れないことばっかりである。よく白黒つけようとか言っているが、実際には明確に、こっちが是であっちが非とか決められないことであふれている。ていうか基本的に人間は自分が正しくて他のことは間違っていると思う生き物なので、誰かから「そっちが悪いんですよ」と言われても認めない。たとえ相手の言っていることが辻褄《つじつま》が合うことであっても、認めない。理屈はそうだが感覚的に違うとか言い張って、とにかく譲《ゆず》らない。しかしそう言われている相手の方だって当然、自分の方が正しいと思っているわけで、相手が抗議するのが理解できない。だから結局、白黒つかずに割り切れないままにしかならない。

しかもこれは別に他人相手のことばかりではなく、自分の心の中でさえ同じようなことになっている。よく誘惑に弱い人とかいうが、他人の冷たい視線や予想されるその後の苦労や社会的抑圧などをはねのけてもその道に飛び込もうとする固い意志たるや、どこが弱いのだろうと思わざるを得ない。しかし本人に、では白黒つけているんですね、あなたはそういう人なんですね、というとまあ、いやそんなことはない、これは魔が差したんだというに決まっているのであった。締め切り間際でもゲームをやってしまったり酒を飲んだりしてしまう作家は、どっちが正しい道なのかは知っているのである。それでもやってしまうんだが、悪いのはわかっているんだが、まあ……確かになんつうか、辛いことから逃げたいとかいう以上の、無駄に頑固《がんこ》な意識がどこかにあるような気もしないでもない。ではそいつはいったい何なのか。

そもそも正しいことというが、それは誰が決めたのか。それが間違っているかも知れないじゃないか、という完全に開き直りの意見は、しかしありとあらゆる革命的なことの根本の思想でもある。既にあるものを疑い、これに反することをするという——しかし無論のこと、そのほとんどがやっぱり、単に間違っていることである。だから革命と呼ばれるものの大半は、単なる無駄か徒労か、あるいは悲劇にしかならないのである。成功した反抗だけが革命と呼ばれるが、同じようなことも山のようにあって、それらは全部、ただの失敗にしかなっていない。そう、それが我々のような凡人《ぼんじん》のやってることである。すでに以前に誰かがやってしくじったことを、飽《あ》きもせずに繰り返して、やっぱり失敗するのである。

たとえば一流のスポーツ選手なんかが肝心《かんじん》のところでミスをしたりすると「あの人も人間だから」みたいに言われるが、なぜ失敗することが人間的なのか。これでは人間は、わざわざミスすることに挑戦してはしくじる生き物だっつーのか、訳わかんねえ——とか思いつつ、でもその通りだなあという気もしてしまうのであった。我々の心の中には、既に証明されているまともな生き方をしたい気持ちと、なんでもいいから無茶なことをしてやれという二つの、矛盾した傾向に引き裂かれてて、そのどっちも変な話であるが〝正しい〟のかも知れない。まともでなければそもそも生きてはいけないし、無茶なことをしなければ進歩したり成長したりすることもないのだから、どっちにもそれなりの理はある。あるが、しかし両方とも、なにかが足りない。なにかが欠けているような気がしてしょうがない。イラつく感じがしてしょうがないのであった。正義だけではつまんないし、悪だけでは未来がないし、いったいどうすればいいんだろうか——という問題に挑むのがこの小説のテーマなんだが、そんなもんに答えがあるのかどうかもわからない。なんか失敗するような気がしてしょうがないが、まあ、それでもついやってしまうのであった。これもやりたくなってしまったという誘惑《ゆうわく》に負けたことになるのかも知れません。人間的、なんでしょうかね？　よくわかりませんが、以上です。

（でも実際はそんなことどうでも良くて、凪のことを書きたいだけだろ？）
（まさに、まあいいじゃん、ですねえ）

BGM〝THE RIGHTEOUS & THE WICKED〟by RED HOT CHILI PEPPERS

◉上遠野浩平著作リスト

「ブギーポップは笑わない」（電撃文庫）
「ブギーポップ・リターンズ　VSイマジネーターPart1」（同）
「ブギーポップ・リターンズ　VSイマジネーターPart2」（同）
「ブギーポップ・イン・ザ・ミラー「パンドラ」」（同）
「ブギーポップ・オーバードライブ　歪曲王」（同）
「夜明けのブギーポップ」（同）
「ブギーポップ・ミッシング　ペパーミントの魔術師」（同）
「ブギーポップ・カウントダウン　エンブリオ浸蝕」（同）
「ブギーポップ・ウィキッド　エンブリオ炎生」（同）
「ブギーポップ・パラドックス　ハートレス・レッド」（同）
「ブギーポップ・アンバランス　ホーリィ＆ゴースト」（同）
「ブギーポップ・スタッカート　ジンクス・ショップへようこそ」（同）
「ブギーポップ・バウンディング　ロスト・メビウス」（同）
「ブギーポップ・イントレランス　オルフェの方舟」（同）
「ブギーポップ・クエスチョン　沈黙ピラミッド」（同）
「ビートのディシプリン　SIDE1」（同）
「ビートのディシプリン　SIDE2」（同）

「ビートのディシプリン　SIDE3」（同）
「ビートのディシプリン　SIDE4」（同）
「冥王と獣のダンス」（同）
「機械仕掛けの蛇奇使い」（同）
「ぼくらの虚空に夜を視る」（徳間デュアル文庫）
「わたしは虚夢を月に聴く」（同）
「あなたは虚人と星に舞う」（同）
「殺竜事件」（講談社NOVELS）
「紫骸城事件」（同）
「海賊島事件」（同）
「禁涙境事件」（同）
「しずるさんと偏屈な死者たち」（富士見ミステリー文庫）
「しずるさんと底無し密室たち」（同）
「しずるさんと無言の姫君たち」（同）
「ソウルドロップの幽体研究」（祥伝社ノン・ノベル）
「メモリアノイズの流転現象」（同）
「メイズプリズンの迷宮回帰」（同）
「トポロシャドウの喪失証明」（同）

本書に対するご意見、ご感想をお寄せください。

■

あて先

〒160-8326 東京都新宿区西新宿4-34-7
アスキー・メディアワークス電撃文庫編集部
「上遠野浩平先生」係
「緒方剛志先生」係

■

電撃文庫

ヴァルプルギスの後悔《こうかい》 Fire1.

上遠野浩平《かどのこうへい》

発行 二〇〇八年八月十日 初版発行

発行者 髙野 潔

発行所 株式会社アスキー・メディアワークス
〒一六〇-八三二六 東京都新宿区西新宿四-三十四-七
電話〇三-六八六六-七三一一（編集）

発売元 株式会社角川グループパブリッシング
〒一〇二-八一七七 東京都千代田区富士見二-十三-三
電話〇三-三二三八-八六〇五（営業）

装丁者 荻窪裕司（META＋MANIERA）

印刷・製本 加藤製版印刷株式会社

ISBN978-4-04-867171-2 C0193

電撃文庫創刊に際して

文庫は、我が国にとどまらず、世界の書籍の流れのなかで〝小さな巨人〟としての地位を築いてきた。古今東西の名著を、廉価で手に入りやすい形で提供してきたからこそ、人は文庫を自分の師として、また青春の想い出として、語りついできたのである。

その源を、文化的にはドイツのレクラム文庫に求めるにせよ、規模の上でイギリスのペンギンブックスに求めるにせよ、いま文庫は知識人の層の多様化に従って、ますますその意義を大きくしていると言ってよい。

文庫出版の意味するものは、激動の現代のみならず将来にわたって、大きくなることはあっても、小さくなることはないだろう。

「電撃文庫」は、そのように多様化した対象に応え、歴史に耐えうる作品を収録するのはもちろん、新しい世紀を迎えるにあたって、既成の枠をこえる新鮮で強烈なアイ・オープナーたりたい。

その特異さ故に、この存在は、かつて文庫がはじめて出版世界に登場したときと、同じ戸惑いを読書人に与えるかもしれない。

しかし、〈Changing Time, Changing Publishing〉時代は変わって、出版も変わる。時を重ねるなかで、精神の糧として、心の一隅を占めるものとして、次なる文化の担い手の若者たちに確かな評価を得られると信じて、ここに「電撃文庫」を出版する。

1993年6月10日
角川歴彦

電撃文庫

ヴァルプルギスの後悔 Fire1.
上遠野浩平
イラスト／緒方剛志
ISBN978－4－04－867171－2

"魔女は常に二人いる。そして二人は永遠に闘い合って、ひたすらに潰し合う——。"この世界に暗躍する悪と戦う"炎の魔女"霧間凪。彼女の苛烈な運命とは？

か-7-22　1630

ブギーポップは笑わない
上遠野浩平
イラスト／緒方剛志
ISBN4－8402－0804－2

第4回ゲーム小説大賞〈大賞〉受賞作。上遠野浩平が描く、一つの奇怪な事件と、五つの奇妙な物語。少女がブギーポップに変わる時、何かが起きる——。

か-7-1　0231

ブギーポップ・リターンズ　VSイマジネーターPart1
上遠野浩平
イラスト／緒方剛志
ISBN4－8402－0943－X

第4回電撃ゲーム小説大賞〈大賞〉受賞の上遠野浩平が書き下ろす、スケールアップした受賞後第1作。人の心を惑わすイマジネーターとは一体何者なのか……。

か-7-2　0274

ブギーポップ・リターンズ　VSイマジネーターPart2
上遠野浩平
イラスト／緒方剛志
ISBN4－8402－0944－8

緒方剛志の個性的なイラストが光る"リターンズ"のパート2。人知を超えた存在に翻弄される少年と少女。ブギーポップは彼らを救うのか、それとも……。

か-7-3　0275

ブギーポップ・イン・ザ・ミラー「パンドラ」
上遠野浩平
イラスト／緒方剛志
ISBN4－8402－1035－7

ブギーポップ・シリーズ感動の第3弾。未来を視ることが出来る6人の少年少女。彼らの予知にブギーポップが現れた時、運命の車輪は回りだした……。

か-7-4　0306

電撃文庫

ブギーポップ・オーバードライブ　歪曲王

上遠野浩平
イラスト／緒方剛志

ISBN4－8402－1088－8

ブギーポップ・シリーズ待望の第4弾。ブギーポップと歪曲王、人の心に棲む者同士が繰り広げる、不思議な闘い。歪曲王の意外な正体とは――？

か-7-5　0321

夜明けのブギーポップ

上遠野浩平
イラスト／緒方剛志

ISBN4－8402－1197－3

「電撃hp」の読者投票で第1位を獲得した、ブギーポップ・シリーズの第5弾。異形の視点から語られる、ささやかで不可思議な、ブギー誕生にまつわる物語。

か-7-6　0343

ブギーポップ・ミッシング　ペパーミントの魔術師

上遠野浩平
イラスト／緒方剛志

ISBN4－8402－1250－3

軌川十助――アイスクリーム作りの天才。ペパーミント色の道化師。そして〝失敗作〟。ブギーポップが〝見逃した《ミッシング》〟この青年の正体とは……。

か-7-7　0367

ブギーポップ・カウントダウン　エンブリオ浸蝕

上遠野浩平
イラスト／緒方剛志

ISBN4－8402－1358－5

人の心に浸蝕し、尋常ならざる力を覚醒させる存在〝エンブリオ〟。その謎を巡って繰り広げられる、熾烈な戦い。果たしてブギーポップは誰を敵とするのか――。

か-7-8　0395

ブギーポップ・ウィキッド　エンブリオ炎生

上遠野浩平
イラスト／緒方剛志

ISBN4－8402－1414－X

謎のエンブリオを巡る、見えぬ糸に操られた人々の物語がここに完結する。宿命の二人が再び相まみえる時、その果てに待つのは地獄か未来か、それとも――。

か-7-9　0420

電撃文庫

ブギーポップ・パラドックス ハートレス・レッド

上遠野浩平
イラスト／緒方剛志

ISBN4－8402－1736－X

九連内朱巳、ミセス・ロビンソン、霧間凪そしてブギーポップ。謎の能力を持つ敵を4人が追う。恋心が〝心のない赤《ハートレス・レッド》〟に変わるとき少女は何を決断するのか？

か-7-11　0521

ブギーポップ・アンバランス ホーリィ&ゴースト

上遠野浩平
イラスト／緒方剛志

ISBN4－8402－1896－X

偶然出会った少年と少女。彼らこそが、伝説の犯罪者〝ホーリィ&ゴースト〟であった。世界の敵を解放しようとした二人は、遂に死神と対面するが――。

か-7-12　0583

ブギーポップ・スタッカート ジンクス・ショップへようこそ

上遠野浩平
イラスト／緒方剛志

ISBN4－8402－2293－2

ジンクスを売る不思議な店〝ジンクス・ショップ〟。そこに一人の女子高生が訪れた時、事態は動き出す。実は彼女こそ〝死神〟を呼ぶ世界の敵であったのだ――。

か-7-14　0764

ブギーポップ・バウンディング ロスト・メビウス

上遠野浩平
イラスト／緒方剛志

ISBN4－8402－3018－8

統和機構ですらその正体を把握できない謎の〈牙の痕〉、そして世界そのものの運命を握るという〈煉瓦《ブリック》〉。ブギーポップが世界の根幹に迫る衝撃作。

か-7-18　1075

ブギーポップ・イントレランス オルフェの方舟

上遠野浩平
イラスト／緒方剛志

ISBN4－8402－3384－5

世界を焼き尽くそうとする怒りと、全てを凍らせようとする無意識。炎と氷が激突する時、容赦なきブギーポップは如何なる裁きを下すのか――？

か-7-20　1242

電撃文庫

ブギーポップ・クエスチョン 沈黙ピラミッド

上遠野浩平
イラスト／緒方剛志

ISBN978−4−8402−4141−0

深陽学園の卒業生である舘川睦美と統和機構の始末屋メロー・イエロー。ブギーポップを捜す彼女たちが辿り着いた〝中二階（メザニーン）〟とは——。

か-7-21 1533

ビートのディシプリン SIDE1

上遠野浩平
イラスト／緒方剛志

ISBN4−8402−2056−5

電撃ｈｐ連載の人気小説、待望の文庫化。謎の存在〝カーメン〟の調査を命じられた合成人間ピート・ビート。だがそれは厳しい試練《ディシプリン》の始まりだった——。

か-7-13 0645

ビートのディシプリン SIDE2

上遠野浩平
イラスト／緒方剛志

ISBN4−8402−2430−7

ビートを襲う統和機構の刺客。激しい戦いの中、彼の脳裏には過去の朧気な記憶が蘇る。そしてその記憶の中に〝口笛を吹く死神〟がいた——。

か-7-15 0822

ビートのディシプリン SIDE3

上遠野浩平
イラスト／緒方剛志

ISBN4−8402−2778−0

様々な思惑と謀略の中、満身創痍でカーメンの謎に迫るビート。そして統和機構の中枢《アクシズ》と〝炎の魔女〟が動き出す。苦難《ディシ》の旅《プリン》路は遂にクライマックスへ——。

か-7-17 0981

ビートのディシプリン SIDE4

上遠野浩平
イラスト／緒方剛志

ISBN4−8402−3120−6

まるで運命のように〝ある場所〟へと導かれていく合成人間ピート・ビート。そこには〝カーメン〟の謎を解く鍵があった。ビートの最後の闘い《ディシプリン》が、遂に始まる——。

か-7-19 1125

電撃文庫

冥王と獣のダンス
上遠野浩平
イラスト／緒方剛志
ISBN4−8402−1597−9
"ブギーポップ"の上遠野浩平が描く、ひと味違う個性派ファンタジー。戦場で出会った少年兵士と奇蹟使いの少女。それは世界の運命を握る出来事だった——。
か-7-10 0469

機械仕掛けの蛇奇使い
上遠野浩平
イラスト／緒方剛志
ISBN4−8402−2639−3
鉄球に封じ込められた古代の魔獣バイパー。この"戦闘と破壊の化身"が覚醒する時、若き皇帝ローティフェルドの安穏とした日々は打ち砕かれ、そして——。
か-7-16 0916

シフトⅠ—世界はクリアを待っている—
うえお久光
イラスト／STS
ISBN978−4−04−867089−0
世界はクリアを待っている——謎の言葉とともに異世界へ《シフト》させられる若者たち。赤松祐樹は"トカゲ男"として隠者のような生活を送っていたが……。
う-1-20 1604

シフトⅡ—世界はクリアを待っている—
うえお久光
イラスト／STS
ISBN978−4−04−867139−2
《シフト》世界での出来事が現実世界に侵蝕をはじめた時、赤松祐樹＝ラケルは一つの決断をする——。うえお久光が贈るモダンファンタジー第2弾！
う-1-21 1626

シフトⅢ—世界はクリアを待っている—
うえお久光
イラスト／STS
ISBN978−4−04−867174−3
赤松祐樹に《シフト》していることを打ち明けた高嶋空。彼女もまた「夢の世界」を冒険する少女だった。だが、空の《シフト》は祐樹たちと異なっていて……。
う-1-22 1633

電撃文庫

とらドラ！

竹宮ゆゆこ
イラスト／ヤス

ISBN4－8402－3353－5

目つきは悪いが普通の子、高須竜児。〝手乗りタイガー〟と恐れられる女の子、逢坂大河。二人は出会い竜虎相食《あいは》む恋と戦いが幕を開ける！　超弩級ラブコメ登場！

た-20-3　1239

とらドラ２！

竹宮ゆゆこ
イラスト／ヤス

ISBN4－8402－3438－8

川嶋亜美。転校生。ファッションモデル。顔よしスタイルよし外面、よし。だけどその本性は——？　またひとり手ごわい女の子の参戦です。超弩級ラブコメ第２弾！

た-20-4　1268

とらドラ３！

竹宮ゆゆこ
イラスト／ヤス

ISBN4－8402－3551－1

竜児と亜美がまさに抱き合わんとしている（ように見える）場面を目撃した大河。一触即発の事態からなぜか舞台はプール勝負へ⁉　超弩級ラブコメ第３弾！

た-20-5　1315

とらドラ４！

竹宮ゆゆこ
イラスト／ヤス

ISBN978－4－8402－3681－2

夏休み、亜美の別荘へと遊びにいくことになった大河たち。いつもとは違う開放的な気分の中、竜児と急接近を果たすのは——？　超弩級ラブコメ第４弾！

た-20-6　1370

とらドラ５！

竹宮ゆゆこ
イラスト／ヤス

ISBN978－4－8402－3932－5

文化祭の季節。クラスの演しものとかミスコンとかゆりちゃんの暗躍などなど楽しみなイベント満載の中、大河の父親が現れて……⁉　超弩級ラブコメ第５弾！

た-20-8　1467

電撃文庫

とらドラ6！

竹宮ゆゆこ
イラスト／ヤス

ISBN978－4－8402－4117－5

文化祭後の校内に大河と北村が付き合っているという噂が流れる。しかし、迫る生徒会長選挙でも本命と目されている北村は突然……グレた。超弩級ラブコメ第6弾！

た-20-9　1522

とらドラ7！

竹宮ゆゆこ
イラスト／ヤス

ISBN978－4－04－867019－7

クリスマス、生徒会主催のパーティが行われることに。妙によい子な大河、憂鬱げな実乃梨、謎めいた亜美。三人の女子から目が離せない超弩級ラブコメ第7弾！

た-20-10　1571

とらドラ8！

竹宮ゆゆこ
イラスト／ヤス

ISBN978－4－04－867170－5

一行は修学旅行で冬の雪山へ。竜児は再び実乃梨と向き合おうとするが――。大河の気持ちと行動は、そして亜美のターンはあるのか⁉　超弩級ラブコメ第8弾！

た-20-11　1629

とらドラ・スピンオフ！　幸福の桜色トルネード

竹宮ゆゆこ
イラスト／ヤス

ISBN978－4－8402－3838－0

不幸体質の富家幸太と、かわいくて明るくて、自分の色香に無自覚で無防備な狩野さくら。二人の恋の行方を描く超弩級ラブコメ番外編！

た-20-7　1422

ふしあわせなら手をつなごう！

日比生典成
イラスト／田上俊介

ISBN978－4－04－867176－7

ちょっと不思議な男の子がいます。幸福の天秤が見えてしまう彼は、不幸な人を見ると放っておけません。彼が自分の幸運を分け与えると不幸な人は――。

ひ-4-3　1635

電撃文庫

断章のグリムI 灰かぶり

甲田学人
イラスト／三日月かける

ISBN4－8402－3388－8

人間の恐怖や狂気と混ざり合った悪夢の泡。それは時に負の『元型《アーキタイプ》』の塊である『童話』の形をとり始め、新たな物語を紡ぎ出す——。鬼才が贈る幻想新奇譚《メルヘン》、登場！

こ-6-14　1246

断章のグリムII ヘンゼルとグレーテル

甲田学人
イラスト／三日月かける

ISBN4－8402－3483－3

自動車の窓に浮かび上がる赤ん坊の手形。そして郵便受けに入れられた狂気の手紙。かくして悪夢は再び〈童話《メルヘン》〉の形で浮かびあがる。狂気の幻想新奇譚、第2弾！

こ-6-15　1284

断章のグリムIII 人魚姫・上

甲田学人
イラスト／三日月かける

ISBN4－8402－3635－6

泡禍解決の要請を受け、海辺の町を訪れた蒼衣たち。町中に漏れ出す泡禍の匂いと神狩屋の婚約者の七回忌という異様な状態の中、悪夢が静かに浮かび上がる——。

こ-6-16　1356

断章のグリムIV 人魚姫・下

甲田学人
イラスト／三日月かける

ISBN978－4－8402－3758－1

神狩屋の婚約者の七回忌前夜、人魚姫の物語を準えた惨劇が起きる。現場に残るのは大量の泡の気配と腐敗した磯の臭い。死の連鎖を誘う人魚姫の配役とは——!?

こ-6-17　1401

断章のグリムV 赤ずきん・上

甲田学人
イラスト／三日月かける

ISBN978－4－8402－3909－7

田上颯姫の妹が住む街で起きた女子中学生の失踪事件。〈泡禍〉解決要請を受けた雪乃と蒼衣の二人を待ち受けていたのは、敵意剥き出しの非公認の騎士で——。

こ-6-18　1453

電撃文庫

断章のグリムⅥ 赤ずきん・下

甲田学人
イラスト／三日月かける

ISBN978－4－8402－4116－8

意識不明の重体に陥った雪乃。彼女の重荷を減らすため、蒼衣は単身、手がかりの見えぬ謎へと立ち向かう。だが、この街の狂気は想像を遥かに超えていて——!?

こ-6-19 1521

断章のグリムⅦ 金の卵をうむめんどり

甲田学人
イラスト／三日月かける

ISBN978－4－04－867016－6

死んだ母親の形見の指輪。それは翔花にとって唯一残った母との繋がりだった。彼女はいつも雪乃の家で泣いていた。そして、人形的な美しさを持つ風乃と出会い——。

こ-6-20 1574

断章のグリムⅧ なでしこ・上

甲田学人
イラスト／三日月かける

ISBN978－4－04－867172－9

人魚姫の事件から二ヶ月。一人残された千恵の住む街で女子高生が自殺した。死を悼んだ臣が持ち帰った机に置かれた白いユリは、決して枯れることもなく——。

こ-6-21 1631

リセット・ワールド 僕たちだけの戦争

鷹見一幸
イラスト／Himeaki

ISBN978－4－8402－4189－2

あの大崩壊から5年。日本は不思議議な国になっていた。立川あたりが西東京協和国なんて名乗ってたり。鷹見一幸が贈る「リセットされた世界の物語」がスタート！

た-12-18 1564

リセット・ワールド2 僕たちが守るべきもの

鷹見一幸
イラスト／Himeaki

ISBN978－4－04－867175－0

西東京協和国の圧倒的兵力の前に孤立する慎吾たち熊谷コミュニティ。悲壮感が漂う中、慎吾だけは逆転の秘策を見出すのだが……。戦いの行方は!?

た-12-19 1634

電撃文庫

C³ ―シーキューブ―

水瀬葉月
イラスト／さそりがため

ISBN978－4－8402－3975－2

宅配便で届いた謎の黒い立方体と、深夜台所で煎餅を貪り食っていた謎すぎる銀髪少女（全裸）。えーと、これは厄介事の予感……？ 水瀬葉月第三シリーズ始動!!

み-7-7　1483

C³ ―シーキューブ―Ⅱ

水瀬葉月
イラスト／さそりがため

ISBN978－4－8402－4143－4

なんだかんだで春亮と同じ高校に編入することになったフィア。初登校の矢先、超ウッカリ・ドジ美少女が事件を引き連れてやってきて……!? 第2巻登場！

み-7-8　1535

C³ ―シーキューブ―Ⅲ

水瀬葉月
イラスト／さそりがため

ISBN978－4－04－867023－4

一人でお留守番中のフィアに忍び寄る黒い影。ソレは長い黒髪でフィアを捕らえて……くすぐりまくった!? 春亮と知り合いっぽいこの子って、一体誰だーッ？

み-7-9　1582

C³ ―シーキューブ―Ⅳ

水瀬葉月
イラスト／さそりがため

ISBN978－4－04－867178－1

いよいよ迫る体育祭に張り切るフィアたちのもとに、今度は不思議系の「厄介事」が転がり込んできた!? 果たして無事にイベント当日を迎えられるのやら……？

み-7-10　1637

アカイロ／ロマンス 少女の鞘、少女の刃

藤原 祐
イラスト／椋本夏夜

ISBN978－4－04－867184－2

夜の美術室。倒れたクラスメイト。エプロン姿のメイドが持つ鳥籠から少女の声が響く。「これより喪着を執り行う」――。藤原祐×椋本夏夜、待望の新シリーズ。

ふ-7-16　1643

電撃文庫

さよならピアノソナタ

杉井 光
イラスト／植田 亮

ISBN978－4－8402－4071－0

「六月になったら、わたしは消えるから」ピアニストにして曰くありげな転校生の真冬と、平凡なナオの出会いと触れ合いを描くボーイ・ミーツ・ガール・ストーリー。

す-9-6　1515

さよならピアノソナタ2

杉井 光
イラスト／植田 亮

ISBN978－4－8402－4195－3

天才ピアニストの真冬をギタリストとして迎えた民俗音楽研究部は海へ合宿に行くことになるが、ナオを巡って戦いが勃発し⁉ 恋と革命と音楽の物語、第2弾。

す-9-7　1570

さよならピアノソナタ3

杉井 光
イラスト／植田 亮

ISBN978－4－04－867182－8

文化祭を控え民俗音楽研究部は準備を開始する。そんな折、真冬と顔なじみのヴァイオリニストが現れナオの動揺を誘うが——。恋と革命と音楽の物語、第3弾。

す-9-9　1641

俺の妹がこんなに可愛いわけがない

伏見つかさ
イラスト／かんざきひろ

ISBN978－4－04－867180－4

「キレイな妹がいても、いいことなんて一つもない」妹・桐乃と冷戦関係にあった兄の京介は、ある日突然、桐乃からトンデモない〝人生相談〟をされ……。

ふ-8-5　1639

僕は彼女の9番目

佐野しなの
イラスト／鶴崎貴大

ISBN978－4－04－867181－1

クリスマス・イブに事故った不幸な高校生東司。退院した彼の部屋にある夜忍んで来た美少女は言った。「あなたを轢いたのは、わたしです——トナカイの引く〝ソリ〟で」

さ-12-2　1640

電撃文庫

ヴぁんぷ！
成田良悟
イラスト／エナミカツミ

ISBN4－8402－2688－1

ゲルハルト・フォン・バルシュタインは一風変わった子爵《ししゃく》であった。まず彼は〝吸血鬼〟であり、しかも〝紳士〟である。だが最も彼を際立たせていたもの、それは——。

な-9-8　0936

ヴぁんぷ！Ⅱ
成田良悟
イラスト／エナミカツミ

ISBN4－8402－3060－9

彼らの渾名はニーズホッグとフレースヴェルグ《死者の魂を喰らう者》。吸血鬼達から『魂喰らい』と恐れられる『食鬼人《イーター》』の目的は、ヴァルシュタインに復讐を果たすこと——。

な-9-13　1104

ヴぁんぷ！Ⅲ
成田良悟
イラスト／エナミカツミ

ISBN4－8402－3128－1

カルナル祭で賑わうグローワース島だが、食鬼人《イーター》や組織から送られた吸血鬼たちによる侵攻は確実に進んでいた。そして、吸血鬼が活発になる夜の帳が降りていき——。

な-9-14　1133

ヴぁんぷ！Ⅳ
成田良悟
イラスト／エナミカツミ

ISBN978－4－04－867173－6

ドイツ南部で起きた謎の村人失踪事件。それを受けて吸血鬼の『組織』が動き出す。そしてミヒャエルは、フェレットのためにある決意を抱き、島を離れ——。

な-9-27　1632

森口織人の陰陽道
おかゆまさき
イラスト／とりしも

ISBN978－4－04－867179－8

麗しのお嬢様だけど過剰な被害妄想癖を持つ少女・遥奈原初雪。「彼女を守る」と言ったときから、森口織人の物語は始まった！『ドクロちゃん』コンビの新作登場！

お-7-12　1638

電撃文庫
創刊15周年を記念して、
「電撃hp」掲載の大人気企画
「電撃コラボレーション」が
書き&描きおろしも収録した豪華文庫になって帰ってきた!!!
大好評発売中!
電撃文庫創刊15周年
15th ANNIVERSARY DENGEKIBUNKO
電撃コラボレーション
まい・いまじね〜しょん
西E田の描いた一枚のイラストから、
電撃作家11人&絵師6人が
それぞれの物語を紡ぎ出す!!
夢の競演が実現した、
電撃文庫読者必携の一冊です!
著
電撃文庫記念企画
うえお久光
時雨沢恵一
上月司
有川浩
中村恵里加
五十嵐雄策
有沢まみず
柴村仁
古橋秀之
岩田洋季
成田良悟
イラスト
西E田
むにゅう
京極しん
田上俊介
さそりがため
三日月かける
山本ケイジ
電撃文庫